Nature and Life

【日】德富芦花 著 林敏译

自然与人生

四川文艺出版社

目录

自然与人生

面对自然的五分钟　　　2

写生帖　　　38

湘南杂笔　　　62

蚯蚓呓语

致故人   *114*

逃离都市记   *128*

往事杂记   *145*

草叶的私语   *155*

独　语   *171*

亡灵录   *183*

麦穗稻穗   *189*

自然与人生

面对自然的五分钟

And our life exempt from public haunt,

Finds tongues in trees, books in the running brooks,

Sermons in stones, and good in every thing.

——Shakespeare

我们的生活，

可以远离尘嚣。

森林中有树木窃窃私语，

流淌不息的小溪似万卷书籍。

神的教诲寓于路旁之石，

世界万物皆蕴涵着启迪。[1]

——莎士比亚

---

[1] 译自日文版日文注释。

此刻富士山的黎明

想请有情趣之人看看此刻富士的黎明。

清晨六时许，站立逗子海滨放眼眺望，呈现在你眼前的是相模湾海面升起的茫茫雾霭，沿着水平面可看见海湾尽头泛出的淡蓝色。若不是望见耸立海湾北端同样蓝色的富士山，你或许便不知足柄、箱根、伊豆的连绵群山正藏隐在那一抹蓝色中呢。

海在沉睡。山在沉睡。

唯有一抹蔷薇色的光，在离富士山巅仅一箭之遥处透迤缭绕。忍着严寒，再驻足眺望片刻吧。你会看见那蔷薇色的光一秒、一秒地沿着山峰往下爬行。一丈，五尺，三尺，一尺，乃至一寸。

富士山从睡梦中醒来了。

她现在醒来了。看看吧，山巅东边的一角染上的蔷薇红。请定睛凝望吧，富士山峰的红霞眼看着将拂晓的灰暗驱散。一分钟，两分钟，由肩到胸。看吧，那耸立天际的珊瑚般的富士，那桃红溢香的雪白的肌肤。山，晶莹剔透起来了。

富士山在薄红中醒来了。请往下移动你的视线吧。红霞已罩在了最北的山头上，转眼间便转到了足柄山，又朝向了箱根山。看吧，黎明驱走黑暗的脚步是如此的神速，蓝色被红霞逐出，伊豆的群山已被染成一片桃红。

当黎明红色的脚步越过伊豆山脉南端的天城山时，请往富士山麓移动你的视线吧。江之岛一带紫气缭绕，忽有两三点金帆熠熠闪烁。

大海也醒来了。

倘若你仍无倦意地伫立此地，就请看看江之岛对面的腰越岬赫然苏醒的模样吧。接下来便是小坪岬苏醒的模样。假如再多驻足片刻，面前映出自己颀长的身影时，相模湾的水雾也已渐渐散去，海光一碧，宛如明镜。此时，放眼望去，群山已褪去红装，苍穹泛出鹅黄，再变为淡蓝，白雪素裹的富士则高耸晴空。

啊，想请有情趣之人看的正是此刻富士的黎明。

大　河

子在川上曰："逝者如斯夫，不舍昼夜。"

此言一语道破了人们对河川的情感，诗人们纵有千言万语，终不及孔夫子之此言矣。

大海固然浩瀚无垠，风平浪静时，便有如同慈母般的胸怀；生气时，又如同上帝勃然大怒。然而，所谓"大江日夜奔流不息"之气势与寓意，却又是大海所不具备的。

伫立大河之畔，看那泱泱河水默默地、静静地流淌、流淌、流淌，生生不息。"逝者如斯夫！"时间的流逝，便有如这河水般从亿万年的远古流向亿万年的未来。啊，看见白帆了……从眼前穿过了……漂向远方了……不见踪影。古罗马帝国不是如此这般逝去的吗？啊，竹叶漂过来了，倏忽一闪，便又消失了。亚历山大、拿破仑莫不如此。他们今在何方呢？浩荡不息的唯有这大河之水。

与身在海滨相比，伫立大河之畔，更能让人感受"永恒"

二字的含义。

利根川秋晓

　　某年秋十一月初旬，投宿于利根川左岸一个叫"息栖"之地。这里是利根川干流与北利根北浦下游交汇之地，河面宽绰，距对面的小见川约有一里之遥。客栈紧临河岸，夜半醒来，耳边不时传来阵阵"嘎吱、嘎吱"的橹桨声。

　　黎明起身，见店中客人尚在睡眠中，便轻轻推开木门，走到河畔。岸边堆着柴火，抖抖覆在上面的一层霜，坐了下来。天色朦胧，天空与河面尚未苏醒，一片铅色。身后昏暗的鸡舍里，雄鸡开始鸣唱报晓。片刻，对面小见川方向也隐约传来报晓声。隔着河岸，鸡鸣声此起彼伏，也着实令人心悦。切尔西的先贤[1]与康考德的哲人[2]想来也是如此这般隔着大西洋相互呼应的吧。

　　原来，在我看来，黎明正是从两岸的鸡鸣声中涌上河面来的。不一会儿，小见川方向的天空被染上了一层蔷薇红；再细看，河面上也泛起了淡红的涟漪，开始有水雾蒸腾。太快了！一眨眼工夫，夜色流向了下游，曙光洒满河面，鸡鸣声不绝于耳。水天一抹的蔷薇色开始消退，瞬间，闪烁刺眼的光芒便在水面流动。回首望去，杲杲旭日正从"息栖神宫"的树梢上冉

　　[1]　此处指英国评论家、作家、历史学家托马斯·卡莱尔（Thomas Carlyle，1795-1881）。

　　[2]　此处指美国作家、思想家拉尔夫·沃尔多·爱默生（Ralph Waldo Emerson，1803-1882）。

冉升起。此时，一只乌鸦飞离枝梢，宛如背负朝日，在晨曦中飞翔报晓的神使一般向小见川方向飞去。小见川还依旧酣睡在碧蓝的朝雾中。

对岸尚在沉睡，这边的小村庄已经苏醒。身后的茅屋冒起袅袅炊烟，冲出栅栏的鸭子把脚印烙在霜地里，"嘎、嘎"的叫声划破晨曦的静谧，一路直奔水中。岸边的柳树上，小鸟婉转啼鸣。陆陆续续起床的村民们嘴里吐着白气，走向河滩，掬河水洗漱。其后，便面朝筑波圣山方向合掌遥拜。

此处真是一个膜拜的好殿堂啊！

上州的山

织机的声音，缫丝的烟雾，桑树的海洋。近可见高耸的赤城、榛名、妙义、碓冰群峰，远有浅见、甲斐、秩父山脉、日光、足尾山峰，以及越后一带的连绵群山。要么奇峭，要么雄伟，扎根大地，头顶苍穹，伟岸挺拔。行走在一望无垠的桑田道上，不经意间，放眼望去，这些层峦叠嶂总是泰然屹立着。

在日常忙碌琐碎的平凡中，心胸却能超然拔萃，仰视长空的伟人们不也如此吗？

每每来上州，总感到连绵群峰在向我如此细语。

空山流水

某年秋，十月末，我来到盐原帚川的支流鹿股川，坐在河畔的石头上。前日夜晚，强劲的秋风将红叶刮落殆尽，河面铺上了一层红彤彤的树叶。左右两侧高耸的峰峦直达天际，夹在其间的天空仿佛也似河川在流动。深秋时节，河水消瘦而干涸，在河面的乱石间流淌，顺地势蜿蜒穿行于峰峦深谷中，远远地可望见水流的尽头。在尽头处，恰有一高峰当河而立，挡住河水去路。远远望去，似乎河水会被此峰吞吸进去一般，又好似此山想要拥抱住河水，挽留她一般。"留下吧，离开故里有什么好呢？留下吧，留下吧。"

然而，河水仍旧在河底的乱石间，在红叶覆盖的水面下唱着歌顺流而下。坐在石头上，侧耳倾听。这声音，是松风，还是无人弹奏而自鸣的琴音？怎么比喻才好呢？身在石头上，心却追逐着水流的尽头，远去、远去、远去。——啊，又依稀听见了这声音。

时至今日，夜半从睡梦中醒来，心灵澄净时刻，仿佛都会从远方传来那声音。

大海日出

涛声划破梦境，起身推开房门。此时正值明治二十九年（1896）十一月四日拂晓，我投宿在铫子市的水明楼，楼的正下方便是浩瀚的太平洋。

凌晨四时许，海面尚在一片朦胧中，只有涛声高亢。遥望东方，沿着水平线已泛出微暗的红黄色，灰蓝色的天空上挂着一弯金弓般的残月。月光皎洁清澈，仿佛在镇守着东瀛。左侧有伸出海面的黑黝黝的犬吠岬，岬顶灯塔上旋转的灯光，从海滩向海面不断地扫过一轮轮白色的光环。

过了片刻，冷飕飕的晓风刮来，掠过青黑色的海面，夜幕由东方开始揭开。黎明踏着鱼肚白的波涛涌了过来，浪涛拍打黑色礁石的白沫渐渐清晰可见了。仰目望去，那一弯金弓已变成银弓，方才东边灰暗的朦胧也渐渐清澈泛黄。海面汹涌，黑波白浪翻滚。夜的梦境尚在海上徘徊，东方的晨曦却已张开眼帘，太平洋的夜已经明了。

此时，黎明的曙光如花蕾绽放，一轮一轮在空中、在海面扩散开来。海浪渐渐泛白，东边天空的黄色更加浓厚，月色与灯光慢慢退去了光芒，消逝了身影。一行候鸟如太阳的使者，掠过海面，飞翔而去。万顷波涛企望东方，发出蓄势待发的喧哗——无形之声充溢四方。

五分钟过去了，十分钟过去了。眼看着东方光芒四射，忽然，猩红的一点浮出了海面。哎呀呀！太阳出来了！一瞬间，令人来不及细想。屏息凝视，刹那间，海神高擎起手臂，只见浮出海面的红点化作金线、金梳、金蹄。随后，身躯一摇，毫无留恋地跳出了海面。那一刻，万斛金光从冉冉升起的朝阳中喷洒而出，万里洋面犹如金蛇飞舞，眼前矶岸边顿时卷起两丈高的金色雪浪。

相模湾落日

秋冬的风完全停息了，黄昏的天空一尘不染。伫立眺望伊豆山的落日，令人遐想到世上竟还有如此多的和平景象。

落日从沉下山头到隐没身姿需要三分钟光景。

太阳西斜时，富士、相豆一带的群山如轻烟薄雾。此时的太阳，为名副其实的白日，银光灿烂，令人炫目，连山脉都眯起了眼睛。

太阳再西斜时，富士、相豆一带的群山开始染上紫色。

太阳更加西斜时，富士、相豆一带的群山紫色肌肤上披上了一层金色的轻烟。

此刻，站在海边眺望，落日流过海面，到达我的足下，海上船只皆闪着金光。逗子海滨一带无论山峦，还是沙滩、房屋、松树、行人，以及翻滚的鱼笼，散落的稻草屑，无不泛出火红色。

在如此风平浪静的黄昏，观看日落，真有伺守圣贤临终之感。庄严之极，平和之至，连凡夫俗子也如同被灵光笼罩，肉体融化，唯灵魂端然伫立于永恒的海滨。

有感，融然浸润于心，言喜则过之，言悲则不及。

落日西沉，眼见着快要落到伊豆的山上，相豆群山忽而便被染成深蓝，唯有富士山顶依旧于紫色中泛着金光。

伊豆山已拥抱住落日。太阳每西沉一分，印在海面的光影便退却一里。夕阳从容不迫地一寸一寸、一分一分，顾望着行将别离的世界，悠悠然西沉而去。

只剩下一分了。太阳突然下沉，只留下一道柳眉，眉又变成线，线缩成了点——太阳消失了踪影。

举目仰望，这世界没有了太阳。光明消失，高山大海苍然失色，充满忧戚。

落日走了，然仍有余光如万箭齐发般光芒四射，西边的天空像金色，更似黄色，或许伟人辞世的模样便如此吧。

日落殆尽后，富士山暮色苍茫。片刻，西边的金色变成朱红、红黄，再转为灰蓝。如同是太阳留下的纪念物一般，金星开始在相模湾上空闪烁，仿佛是在承诺明日的日出。

杂木林

东京西郊至多摩川一带，有几处丘陵和山谷，几条道路顺山谷而下，沿丘陵而上，曲折蜿蜒。山谷中有的地方开辟出了水田，有小河流过，河上偶尔也可见水车。山坡大多被开垦成了旱田，四周留下了一片片杂木林。

我尤爱这一片杂木林。

林中有枹、栎、榛、栗、栌等多种树木。大树较罕见，大多是砍伐后的树桩上簇生的幼树，树下的草地被修整得干干净净。偶有红松、黑松等树种，秀枝挺拔，掩映碧空。

降霜后收获萝卜的时节，一林黄叶似锦，令人不慕枫叶红。

待树叶落尽，寒林中，千枝万梢，簇簇刺破寒空，好一番别致景象！日落后，大地雾气弥漫，空中的枝梢紫气环绕，月满如盘，更有一番风景！

春天来临后，淡褐、淡绿、淡红、淡紫、嫩黄，林中竞相长出了柔嫩的新芽。此情此景，又何必独醉于樱花呢？

新绿时节，不妨来林中走走吧。片片枝叶沐浴着阳光，如同绿玉、碧玉在头顶编织的翠盖，连面孔也染成青碧色了。假如在此假寐片刻，或许那梦境也是绿色的吧。

青乳菇长出的初秋时节，林子四周的胡枝子和狗尾巴草开始抽穗，女郎花和萱草遍生林中，大自然在此地营建了一座百草园。

有月亦好，无月亦好，风清露冷之夜，来林边走走吧。有松虫、铃虫、纺织娘、蟋蟀等百虫的唧唧声似细雨声传入耳畔，大自然宛如一只大虫笼，奇妙之极矣！

檐　沟

雨后，庭院落樱如雪，也有片片点点漂浮檐沟中。

莫言檐水太浅，不曾见它拥碧空入怀吗？也莫言檐沟太小，不曾见它映照蓝天，漂浮点点落花吗？

樱花枝梢倒映水中，水底露出泥土的色彩。三只白鸡走过来了，红冠摇晃，俯身啄食，仰面饮水，身影映在檐水里，好不和谐相容，怡然共生！

相形之下，人类生活的世界又是何等的狭隘！

春的悲哀

漫步田野，仰望迷蒙天空，嗅闻花草清香，倾听流水歌唱。春风暖暖，拂面吹来，顿时，心中涌起阵阵难舍之情。想要捕捉它，它却身影荡然。

我之魂灵不由得思慕起那远在天国般的故土来。

大自然的春天犹如慈母。人与自然融为一体，在自然的怀抱中哀叹短暂人生，憧憬无限永恒。就如同在慈母怀中，矫情地倾诉悲哀。

自然之声

（一）高根山风雨

今年五月中旬，我登上屹立在伊香保西边的高根山，在峰顶席草而坐。

前面，一条大沟壑张着巨嘴。隔着沟壑，左侧耸立着榛名富士，右侧则有乌帽子岳矗立。榛名湖水如一幅窄长的白绸带散落二峰之间。湖对面有扫部岳、鬓栉岳等，山脚浅水环绕。乌帽子岳的右边是与信越交界的群山，身披银雪，如波涛横亘天际。

近处的峰峦，肌肤呈紫褐色。其中，巍然屹立于大沟壑旁的乌帽子岳，山头由峭立的岩石构成，山肌历经风霜雨雪，形成条条襞沟。适值五月中旬，春，已来到了山里。山的肌肤上，襞沟处长出了枹树一类的树木，叶绿葱葱，犹如数条青龙蜿蜒爬行而下。又如绿色瀑布从榛名富士山麓落下，汇成绿色水流，一路向右飞奔涌入大沟壑，在壑底卷起几座小山，掀起绿色余波。

午后二时许，空气凝重而闷热。西边的天空露出古铜色，满目青山悄然无声，吓人的沉寂笼罩着山谷。

坐了片刻，见乌帽子岳上空乌云翻卷，如同泼墨。远处传来的殷殷雷鸣，似暴雨袭来前的鼓声。空气顿时沉滞，满目山色黯然忧戚。忽然，一阵冷风袭来，湖水声、雨声、满山树枝摇撼声，回响山谷，弥漫天地，如山岳欲与风雨搏击的呐喊助威。

仰望上空，乌帽子岳以西的山峦已被朦胧灰蓝遮蔽，风枪雨弹，激战正酣。然而，边界的群山依然雪光灿灿，倚天而立，岿然不动。前锋、二军、中军、殿军，布阵排列二十余里，仿佛在等待风雨的来袭，不禁令人联想起英军在滑铁卢的布阵，沉郁而悲壮。跌宕不羁的大自然之肃然威力让人刻骨铭心。

一株古老的枹树临沟而生，有枭鸟歇于树梢，鸣声不绝。

片刻，雷鸣声涌起，乌云低沉，在头顶盘旋，狂风撼动山壑，豆大的雨滴一点、二点、万千点，噼里啪啦地洒落下来。

我冲出风雨雷电的重围，朝着山口的茶舍飞奔而去。

（二）碓冰峰谷溪流声

欲寻觅碓冰峰秋景，某年秋日，我独自从轻井泽出发，沿古道而行。距碓冰峰顶约半里地处，红叶已零落殆尽，寒山枯叶间青松几点，萧瑟风景，如诗如画。

顺古道而下，满山芒草枯瘦，秋老矣，山苍矣。此刻，浅间山方向俄而乌云密集，山麓虽日影照耀，山上晚秋小雨却点点落到帽子上。"秋雨潇潇下，独行萱草山"，我吟唱着俳句前行。秋雨一阵又一阵，遍山芒草沙沙作响，如闻人语。举伞驻足片刻，阵雨戛然停歇。山中雨后的静寂，无以比拟。所谓"山中人自正"[1]，此刻，我之心灵如水般清澈。忽而，不知何

---

[1] （唐）孟郊《游终南山》中诗句："山中人自正，路险心亦平。"

处传来一阵清越之声，清爽之气溢满山谷。啊，这便是123碓冰的溪水从谷底远远流淌而来之声吧。

栗

栗树如野人，肌肤叶片都粗糙无光，似木讷、厌巧言令色之辈。它有带刺的外壳，厚革的铠甲，还裹着黄褐色的铠衬。然而，它却有一颗隐藏在深处的甘甜之心。我钟爱栗树。

我寓居两年有余的庭院内，生长着许多栗树。每逢初夏，郁郁葱葱的枝梢上便会开出形色都似海军将士肩章的花。簇簇栗花，映入碧空，情趣无穷。布满繁星的夏夜，黑黝黝的树梢婆娑摇曳，送来凉意。

水井端有一株栗树。初冬时节，厚大的叶子枯萎零落，一堆一堆飘落地面。我常常于天未明时起身，举目仰望挂在枯枝疏叶上的残月。

去盐原深山觅秋时节，在大多只长着芒草的山腰上，见到过两人才能围抱住的大栗树。或许是遭遇过山火的袭击，根部的一半被烧焦，树心已空。然而，就在此地，这边生长八九株，那边生长十五六株，栗树从山腰上尽情地舒展着枝条，金黄的树叶煞是让人喜爱。

漫步深山里，草鞋踩到带刺的果球，果球偶尔会被踩溅开去。吟着"落叶满空山"的诗句，踽踽前行时，时而还会听到成熟的果球自动炸开后果实落地的声音。空山中，方知何谓"静寂"之声。

寂然法师[1]曾有和歌吟道："大原乡里秋色浓，峰下栗子落庭院。"

梅

有古寺，寒梅三两株。月光之夜，风景独好。

某年二月，从小田原至汤本游历，参谒早云寺。正值夕阳落在箱根山，一乌鸦掠过天际，苍茫群山，暮色冥冥。寺内空无一人，独寒梅三两株，如白雪般立于黄昏中。徘徊良久，仰望天空，古钟楼上，一弯夕月，淡若梦影。

风

雨能慰藉人心，治人心疾，让人心气平和。真正令人伤感的并非雨，而是风。

风，飘飘然不知源自何方，又飘飘然不知向到何处。无始无终，萧萧逝过，令人断肠。风声，正是人生过客的声音。人自何方来，又到何方去？闻此风声，令人伤怀。古人云："春秋轮回、冷暖寒暑，皆自风起"。

---

[1] 日本平安时代末期歌人，俗名藤原赖业，生卒年不详。

自然之色

（一）春雨后的上州

离开伊香保时，雨还滴滴答答敲打着雨伞，在抵达涩川时，雨便停歇了下来。过了混浊的利根川，朝前桥方向行走约半里地光景，乌云翻卷着向北而去，昼日的阳光，似雨一般倾洒而下。

雨后，万物生辉，色彩是何等的绚丽呀！

繁茂的桑田如浩渺大海，一望无垠。雨水冲洗后的片片桑叶露珠欲滴，吐纳着阳光，一片金绿色如火焰燃烧，熠熠生辉。桑田间的田野里，大麦小麦荡起白金色穗浪。

远近的村落掩映在碧波翠绿中。五月里那红白相间的"鲤鱼旗"[1]远远近近，迎风飘展。远处，妙义、榛名、小野子、子持诸峰在碧空霞雾中时隐时现。连绵群峰中，还可望见越路山上那皎洁的银雪。

附近一带农家的屋脊上大多栽种着菖蒲。适值五月初，一簇簇菖蒲，紫花瓣镶嵌在嫩叶中，浓淡相间，如簪花一般点缀着茅屋。一阵凉风吹过，桑树的嫩叶愉快地摇曳着身姿，毫不吝惜地抖落着钻石般的露珠。农家屋顶的菖蒲花也在碧空中迎风颔首曼舞。方才还堆积在天空一隅的云团，终于融化、消散。唯见两三条宛若被风梳理过的羊毛云絮浮在空中，忽而飘

---

[1] 用布或纸仿照鲤鱼的形状制成的筒状旗帜。日本端午节期间挂在室外，祈愿男孩子像鲤鱼跳龙门一样出人头地。

来，忽而隐去。仰望蓝天，是多么的令人惬意呀！姑娘们一边抖落着露珠，一边采着桑叶，愉快的歌声回荡在原野中。

上州平原的景色是如此的多姿多彩！

（二）八汐的花

离开马返时，淅沥而下的雨，不久便停了下来。天空舒卷着一幅春云绵绵的图画，云朵间泛出浅浅的桔梗色的天空，令人感到一种不可名状的温馨。

道路渐渐弯进了深泽的峡谷，大谷川的河水美得无与伦比。大谷川——与其说是河，不如说是连绵的飞瀑。冰消雪融后的清凉之水，流至此地，似乎又变成了原来的冰雪，在峡谷中蜿蜒迂回，在岩石间跳跃翻腾，一路飞奔而下。流水起舞，雪浪飞溅，一团团飞沫吸吮着日光，闪动着金紫色的光芒。落入水流的浪花又跃动涌起，泛出的青绿色冷艳清美，无以言表。这色彩只能眼观，却无法以心思之，更不可名状。唯有站立岩石上，一味地惊叹这流水之美了。

脚下的流水固然美不胜收，却也不能忘了头顶上八汐山上花开的风姿。

绚丽的花朵浓于樱花，淡于玫瑰，在嫩叶陪衬下开放在灰色的树枝上，抑或映衬着春日的晴空，簇立在峰顶，抑或一枝斜挂在峭壁上，深红的含苞的花蕾、浅红的开放的花朵，万紫千红，映照在漫山遍野。八汐的美真是道不尽呀！忽有从主峰顶飘落的浮云，如大鹏展翅掠过高山峡谷，追逐着光与影，俄而便隐入对面的花丛中，如轻烟散去。又见近处的花丛中一树独艳，花朵在阳光下翕动着片片花唇。

浮云飘游，山、水、花时而沐浴着阳光，时而藏匿于阴影，忽而欢笑，忽而抑郁，变化无穷，妙不可言。

（三）相模湾夕照

太阳穿过云层，灰蒙蒙地落在小坪山上。富士山东北角只剩下一抹朱黄的残照。天空茫茫一片混浊的紫褐色，郁悒得不值一观。

伫立河岸，俯首垂钓。不知不觉间，暮色朦胧的河面渐渐明亮起来，像是哪里的火在燃烧，一点一点地，周围不可思议地明朗了。落日仿佛想要留住脚步一般。仰望天空，看吧，富士东北边那一抹朱黄的余晖，忽地像被注入了魂灵，赫赫燃烧了起来。

啊，谁都会遗憾没有召回落日之术吧！然而，行将落山的红日眼看着不是正在返回白昼吗？天边燃烧着的朱黄的火焰，正一点一点地向西边天空散开，一秒又一秒，一分又一分，照耀着，照耀着。天空更加剧烈地燃烧，似乎快要达到极限，石榴花般红的火焰，燃烧着天，燃烧着地，燃烧着海，燃烧着山，也燃烧着屋舍。立在门前观日落的邻家老翁，面如赤鬼。而我的面孔与手却未被烤焦，真不可思议！

云被燃烧尽了，富士及周边的群山披上了浓浓的紫装。

抬头仰望，西边天空如半面硕大的陆军旗，以富士为日轮的中心，一道道金光，由细变宽，放射出数十条强烈的石榴花红的光芒，从地平线向天心照射开去，宛如地心失了火，巨大的火焰向着天心升腾。火光炙烤着天空，海像火一般燃烧，想必那海中的水族生物也会被这火焰吓死吧。

十分钟过去了，满天的黄焰燃烧成血红色，阴森森的，鬼气袭人。又过去五分钟，血红的色彩渐渐变成黑红，眼看着光焰快要燃烧殆尽时，这光焰却如同梦醒般消失，天地骤然笼罩在了一片幽暗中。

山百合

后山腰葱郁茂密的茅萱丛中，淡雅的山百合犹如夜的明星，星星点点。然而，不经意间，很快这边也盛开了，那边也含笑绽放了。如今，比布满夜半星空的群星还要多。

登山访花，花藏在茅萱深处，难以觅见。

归来伫立庭院眺望，那花便在茅萱中灵秀地微笑。

朝露洒满山谷，花仍在蒙眬沉睡着。

夕阳的风轻拂而来时，漫山遍野的茅萱荡起阵阵青波。花在这起伏中摇曳，如同漂浮水上的藻花。

日落时分，山色幽暗，点点花白，令人怜叹那余晖残照。

在东京时，我曾为百合留下过这样的手记：

"一早便闻门外卖花翁的吆喝声，出门一瞧，夏菊、东菊等黄紫相间的花中有两三枝百合，旋即买回了百合。插入瓷瓶中，放在书桌右侧，顿觉清香满屋。有时困倦于洋文汉字时，移目于此君，心神便驰往那青山深处。"

夏日的花卉中我独钟情牵牛与百合。百合中又偏爱白百合、山百合。编写百花谱的许六翁[1]虽一口断定百合为俗物，然而，我以为他指的是浓妆艳抹的红百合，清雅绝伦的白百合是不会包含其中的。请不要以为我附庸风雅。我虽置身人如云、事如雨的东京，处在忙碌喧嚣的境遇中，但我之心灵却常常神游于春草秋野。对于别无生计的我来说，买花钱便是活命钱。

　　我自买了这几株百合花，白昼便放于桌边为伴，夜晚便置于庭院中，任凭月光辉映，星辰照耀，露水洗涤。早晨起来，推开挡雨窗，映入眼帘的便是此君了。一夜之间，花蕾少了几许，花朵多了几许。汲来井水，注入瓶中，也在花叶上喷上新水，花上粒粒润珠。随后，又将百合置于回廊上，沐浴了水珠的叶片青翠欲滴，新开的花朵清澈无垢。一日复一日，今日的花蕾变为明日的花朵，今日的残花为昨日而开，盛开、凋谢，花托渐渐移到了枝梢。看吧，六千年世界的变迁，不确如这百合一枝的盛衰一般吗？

　　面对这百合，不禁想起曾经在房州游历时的光景。时值初夏，无同伴相随的我常常独自爬到海边的山崖上。镜浦湾如明镜般光滑，海面上浮着一两艘一动不动的小舟，海边的山崖葱郁一片，与海水交相辉映。四周寂然无声，唯日光充溢着天地。矶石渐渐地低平了下来，没入海面，只露出光秃的岩壁。我端坐这岩石上，正做着白日梦，忽然飘过一阵清香，回首一望，只见一株百合立于身后。

　　面对这百合，便想起那年在相州山的情景。在这连一抔黄

---

[1]　森川许六（1656-1715），江户中期俳句诗人，曾师从松尾芭蕉。著有俳文选集《本朝文选》、俳论《徘谐问答》等。

土都饱含着历史之地，在傍山而建的茅屋边，悬崖峭壁上，幽暗的古洞窟里，在长眠着古代英雄之地，在细谷川流淌之处，在杉木的树荫、细竹丛中，无论在何处，都可见那白白的花儿。有时遇见背着秣草的村童，背篮里也插着两三枝；有时走在蛙鸣的田埂间，忽地抬头一望，眼前形如米粒的青山上，满山遍野，萱草丛生，如同山岳公主的美发。其间，到处点缀着数不胜数的山百合，犹如公主天然的簪花。风静时刻，它便是绿色天鹅绒毯上织出的白色花纹。有风掠过时，遍山青草碧波荡漾，那山百合便又如漂浮在碧波上的浮萍花。

面对这百合，又忆起某日一大早出门游夏山的时刻。那日，山间清冷的寒气，润湿我单衣肌肤。脚下的路越走越窄，头上松树、榉树繁茂，脚边细竹丛生。我拨开竹枝前行，满山露珠沾湿衣襟。忽然一阵微风送来幽香，细细一看，竹丛中盛开着一枝山百合。踏着齐膝的露水，我推开细竹枝，折下了那枝山百合。白玉杯一般的花朵上，溢满晶莹的露珠。伸手摘花，露珠滴落，衣袖盈满清香。

面对这百合，便想起仙女高洁的容颜。以清香熏德，以洁白守操，虽生长在荒草杂木的尘世中，却不以尘俗为伍；虽悲天悯人，泪积凝露，面带忧伤，却仰视长空，含泪的眼中饱含希望的微笑；虽幽居深山，不为人知，无人观赏，却能独善其身，枯荣无憾。身在山中，便在山中盛开；移栽庭院，便在庭院溢香。不为花开而孤傲，不为花落而怨恨，清白一生，归于春天的永恒。这如同天仙般圣洁的身影，不正是白百合的神韵吗？

每当面对几案上的这瓶百合，心灵便神驰于清寂无比的境地。每当涌起俗念浊思之际，便羞愧难当，无以面对它。啊，百合花，两千年前你诞生在犹太人的原野，自你进入人们的视野，便成为传播真理的永恒的信使。你来到新的国度，在他们的园中开放。百合呀，请把你的清香分赠一半予我吧！

晨　霜

我爱霜，爱它的凛然清澈，爱它为人们预告翌日的晴空。

白霜映衬下的朝阳则尤为清美。

某年十二月末，我一大早经过大船户塚附近，遇到了难得一见的晨霜。田野、房屋上像是覆盖了一层薄薄的雪，村里的竹林、常绿树也全都一袭银装。

过了片刻，东边天空开始泛出金色，旭日一点一点地升起在碧空中，万道霞光倾洒在田间、农舍。那皎洁晶莹的粒粒白霜，在霞光下闪烁着银光，背阳的一面则紫影婆娑。农舍、灌木丛、田间的稻草垛，甚至连地里仅有一寸高的麦茬都沐浴着阳光，半白半紫。放眼望去，一片银光紫影，紫影中仍隐约可见白霜的身影，大地俨然变成一块紫水晶。

一农夫正在霜野中烧着麦秆，青烟袅袅散去，遮蔽日光，变成白金色，又渐渐变浓，终于，连青烟也被染成了淡紫。

我爱霜，爱得越发深沉了。

芦 花

清少纳言[1]曾写道:"芦花不值一观。"然而,正是这"不值一观"的芦花,才是我的最爱。

从东京近郊的洲崎到中川河口、江户川河口一带,是一片芦苇洲。秋日,乘上由品川至新桥的列车,凭窗眺望,洲崎以东沿岸,茫茫一片银雪,那便是芦苇花了。

某日,从洲崎经堤岸至中川方向,堤上芒草齐膝,渐渐地深过了腰间,最后,夹杂着芦苇的芒草高过了头,前方咫尺难辨。"沙沙"地分开芒草前行,忽然,脚被什么东西绊住,对方也"啊"地叫了一声。定睛一看,原来是撞到了一位肩上挎着渔竿的渔夫。

再继续前行,堤上的芒草、芦苇渐渐稀疏起来。然而,东、西两里之外仍是一片茫茫芦花洲,仅仅从远方那一条碧蓝的线和帆影中,才知海之所在。一脉细水从芦花洲中蜿蜒穿过,流至大海。退潮后,露出坑洼的海滩,沾满泥浆的芦苇根旁有小蟹爬过。涨潮时,万千芦花倒影水面,渔歌橹声响彻四周。

芦苇中的水,不仅适合鲻鱼、虾虎鱼、虾类栖息,连鹭鸶、鹬鸟类也乐于在此安家。

我站立堤上小憩,忽听见远方传来一声枪响。顿时,鹬鸟、百劳等像失魂一般地鸣叫,忽地从我头顶飞过,钻进芦花

---

[1] 清少纳言(约966-?),日本平安时代中期著名女随笔作家、歌人。著有《枕草子》《清少纳言集》。其中,《枕草子》与紫式部的《源氏物语》并称为日本平安朝女性文学的双璧。

丛中。随后，四周又归于沉寂，唯有芦花随风低鸣。

大海与岩石

天空渐渐紫色凝聚，微温的南风拂面。渔夫们奔走海边，忙碌着收拾渔网。雨，噼里啪啦地下了起来。

不一会儿，雨便停了。风越刮越大，抬眼望去，天如泼墨，或暗蓝，或黑紫，或灰白，时而消融，时而翻卷，姿态尽显。富士山、天城山也都隐藏了身姿。昏暗恣肆的大海从万丈海底咆哮着涌起怒涛，一波又一波地淹没岩礁，吞噬海岸，无止无休地席卷着陆岸。

极目远望，海上不见一船一帆。唯有名岛的孤岩如张着大嘴、展开双翅的老鹰一般，独自迎着惊涛骇浪，飞溅着白沫，屹立在万顷波涛中。

啊，大海呀，你的怒涛壮观无比。啊，岩石呀，你的意志伟大绝伦。远古的英杰们也曾如你一般，仰天长思，不入浊世，孤高地战斗不息。

风仍刮个不停，海浪越发狂暴，万千波涛一浪又一浪汹涌袭来。看那远方的小坪岬吧，它凸现海面，刚健粗朴，穿着褐衣，面无惧色，巍然挺立，搏击着海浪。看着这小坪岬，不禁令人想起当年的相模太郎[1]。

---

[1] 相模太郎：日本镰仓幕府第八代执政者北条时宗（1251-1284）的俗称，曾两次抗击过元军的袭击。

榛 树

当树叶抽出新芽，蒙蒙如烟染时，着实风雅。那青郁茂密的枝梢，映立红霞夕晖中的姿态也妙不可言。然而，落叶凋零后的榛树傲立寒空的身姿则尤其美妙绝伦。

晚秋初冬是东京东北郊外最有情趣的时节，无边无际的麦田翻滚着金黄的麦浪。此时，地里的庄稼已收获完毕，河流、村庄、人家，还有地里用过的粪肥罐都露在天空下。冬日的枯树立在寂寞的村庄，筑波山与富士山遥遥相望，露出寂寥的微笑。枯萎的芦苇随风沙沙作响，广袤的田野里，粪肥罐两只、三只地堆列着，寒鸦"哑哑"鸣叫。纤弱的榛树，或被包裹上御寒的稻草，或露出高高的树身，枝头伸向水色般的寒空，真是趣味无穷。

大自然用各种各样的事物造就出了绝妙无比的情趣。

芒 草

叶与穗都枯干泛白，在晚风中飘散，在夕晖里闪耀，姿态甚好。然而，我却最爱它抽出新穗时的秀美。

九月末，不妨去东京近郊走走吧。芒草或与蓼花、龙爪花相依，临水而生，或一望无垠地生长在漫山遍野。有的与萤草、野菊一道护卫着地藏菩萨的石像；有的与蝗虫、蚱蜢为伍，生长在稻粟荞麦田间。有的刚绽开包叶，尚未散开；有的虽已散开，却尚未蓬松开去。它们有的像银线，有的如红绢，或淡红，或殷红，映衬着青青的叶子，含露随轻风摇曳；或孤立，或丛生，勾起人们万千诗意。

良　宵

所谓良宵，指的便是今宵吧。今宵是阴历七月十五之夜，月白风凉。

搁下夜间创作之笔，推开栅栏门，在院内信步十五六步，便来到黝黑茂密的栗树旁。树荫下有水井一口。凉气如水，在夜空中浮动。唧唧虫鸣，时而还可听见晶莹的水滴"啪嗒"一声坠地，是有人刚刚汲水而去了吧。

再踽踽漫步而行，便来到田间。驻足其中，见明月从对面大竹林中移开，清光融融，浸润天地，身如临水中。星光稀薄，冰川町一带的森林也淡如轻烟。静静伫立，身旁的桑叶、玉米叶沐浴着月色，闪着青辉，棕榈在对月摩挲私语。踏着虫鸣的青草，月影便在脚尖下溅开。夜露初降，树丛中不时传来鸟语声，想必是明月的光辉让它们难于入眠吧。

空旷处，月光如流水。树下月色青青，如雨露滴下。转身折回途中，穿过树荫，点点灯火从叶缝间漏出，传来纳凉人的话语。

关上栅栏门，独坐廊下，时间已过十时，行人皆无。明月当空，满院月影，美如梦境。

月光映照着满院的树木，树木又投下满院的影子。光与影、黑与白相间，斑斑点点交相辉映，注满院落。八角金盘的影子映在廊下，如硕大的枫树。月光洒在光滑的叶面上，把树叶映照得似一把碧玉扇。叶面上斑驳的黑影闪动，那是李树的倩影。

每当皓月清风越过树梢，满院的月光树影便相拥起舞，黑与白摇曳呼应。漫步其间，不由得怀疑起自己是否变成了在无热池[1]的水藻间游动的鱼儿。

香山三日云

（一）五月十日

推开拉门，见太阳已升到赤城山上，晴空碧蓝。山谷间铅灰色的云团蓬松翻卷，大地被近几日的雨水打湿，树影静静地映在地面。清凉的山气蕴满旭日的光芒，树梢的雨滴像钻石般晶莹夺目。好晴的燕子欢来喜去，小鸟也欢快啼鸣。

片刻，四周出现了另一番风景。天空浅碧如洗，天边浮现片片紫云，如蜉虫一般。从小野子山、子持山向赤城山方向翻卷的白云——晕染着蓝边——像一根长长的银带萦绕山腰。小野子山与子持山的顶峰——青绿的肌肤上映衬着蓝色的荫翳——如浮岛飘在半空中。

驻足凝视片刻，只见赤城山麓的云团，如大军开拔，开始向东南缓缓飘移。蓬松的云卷，一簇一簇，绵绵不断地沿着利根川向下流动。"先头部队"已经出发，但屯集在小野子山、子持山下以及吾妻川河谷的云团却牢牢"坚守"不动。

---

[1] 来源于梵语Anavatapta。无热，清凉之意。无热池又称阿耨达池，想象中的清凉池。

过了片刻，云朵终于顺着河流向下移动。"先头部队"过去了，"中军"跟随其后，"殿军"也开始出发。白云长长的队列像白龙、像横溢的瀑布，沿着河流，掠过山峰，由东至西，由北向南，相互追随，步步紧跟，移行而去。突然，云团掩没了小野子山，子持山也只剩下片片山影，赤城山更被横空劈断，仿佛变成"空中蜃楼"。云团当阳的一面耀眼胜似白金，洁白胜似白银。山头从云中伸出，映在碧空中，青碧欲滴，赤城山披上了一袭蓝装。而小野子山与子持山则青肤蓝影，鲜润如画。天高云淡处，白根山与越后境内的山脉隐隐约约露出碧蓝色的肌肤。

　　时间渐渐流逝，像大江澎湃的行云停止了脚步，云团开始升腾。赤城山完全脱掉云衫，犹如被雨水洗涤、被云絮拂拭，肌肤青碧如玉。

　　香山的天气变幻莫测，看来今日的晴朗也不会持续太久。美丽的白云渐渐消失了，或化作轻烟，遮掩着山的容颜。不一会儿，阴沉的云团从四面涌来，有的翻卷着，有的投下阴影，山姿山容，瞬息万变。午前十一点过，山谷间乌云密布，雨淅淅沥沥下了起来。

　　雨下下停停，天稍稍放晴便又阴沉下来。反复无常的天空，到了夜晚，雨也仍旧下个不停。

（二）五月十三日

　　朝来雨潇潇。临近正午，雨稍稍小了下来，满目云雾银白光亮，除了伊香保山之外，虽然远近一片白蒙蒙，但天空看上去却有了放晴的模样。山谷中的雾气一并朝着空中升腾，轻烟飘浮着掠过农舍，穿过杉木林、松木林蓬蓬升腾而去。

看看院中的泉水，雨点还频频在水面击起波纹，仰望天空，缕缕细雨仍旧如缕如丝，而天色却明显地亮堂了起来。小鸟啁啾，燕子起舞，牛在远处吼叫，左邻右舍也都推开门窗，愉快地寒暄起晴空到来的话题。

下午两时许，沉积在山谷间的云雾果然开始变得稀薄，小野子山、子持山的山腰、山脚显露了出来。雨后的峰峦翠浓绿鲜，似要融化。天空中出现斑斑蓝天，云块好像被断开，切成了小块儿，有的辞别山峰，飘向天空，有的凝集不动，有的一味向东飘去。

突然，赤城左侧山腰挂起了一道彩虹，如梦如幻，七彩交辉，鲜艳欲滴。从子持山腰飘出的片片白云，徐徐向赤城山游去，每每穿过彩虹上端时，七彩带便被遮断。不一会儿，子持右山腰也出现了淡淡的虹影，薄薄的，虽未呈一条连贯的虹，却可见断断续续的色光在闪烁。

登楼远眺，云朵的万千姿态确实妙不可言。临山之处的云彩蓝蓝地点缀着山色，其上方，洁白的云朵一尘不染。有的模模糊糊，有的纹丝不动，充满忧郁，有的在别的云朵上自由穿行，有的如巨人的怒容，有的如女人的微笑。还有众多形状奇异的云，有的横斜着，有的像棉堆，有的似白银，有的光亮如铜。有的紫，有的蓝，有的灰，千姿百态，极尽随心所欲之能事。如果是从画中看到，想必不会相信这些云朵都是真的。这出自大自然之手的景观，着实令人叹为观止。云彩层层叠叠，云中藏云，云上浮云，仅可从蓬蓬云彩间隙中窥见一点碧空，确有立于岩上观深渊之趣意呀。

看吧，子持山上空飘浮着片片白絮。定睛一看，一片横斜的云彩犹如白旗般翻卷在山腰间。那小野子山巅上也有一片形如岩石的积云屯集，然而，转瞬间，便又片云不留。分秒间的变幻，实难揣测。不一会儿，夕阳洒落下来，凝聚在西边的云团开始变成镶上金边的紫云，夕照的光芒自云间如雨般倾洒而下，亮丽夺目。远方的群山被蒙上一层金色的雾霭。沿着小野子山顶，三团彩云如同紫色的烽火，气势浩大地向上升腾。当阳的云朵闪烁着白金色，子持山则被映照出金绿色的褶皱。院门前的山色草木披上了夕晖，雨后新绿灿然如焰。

在夕阳的照射下，西边连绵的云彩一朵接一朵地消逝而去。透过云间仰望长空，那泛着金辉的碧蓝天空中，云朵如金龙、金蛟、金螟蛉，腹部呈金，背部现紫，在长空的金色波浪中飘舞。

然而，赤城方向的云团仍然凝重，有的如焦铜，有的如熏蓝，赤城山肩头的沉沉浓云，压得它岌岌可危。

夜幕降临了，群山苍茫。空中尚存一丝光亮，星辰如春日的繁花盛开在夜空。仍可见赤城、小野子、子持诸峰顶上黑压压的云层，伊香保山被裹在漆黑的夜色中，汤泽泉的流水声则在夜空中回响。

（三）五月十八日

朝来晴朗。正午过后，云絮频频由东向西飞过。约四时许，格子门内，顿时昏暗下来。推门张望，一条黑云带横卧在小野子和子持山头顶。满目山川湿气沉沉，色泽浓浓，默然忧戚。一叶不动，一树不响，四周如一幅山雨欲来前的山水画。云团如墨，隐没了两山峰。只可见屏风岩巍然傲立于令人生畏的黑云中，鼠灰色的云团漫天翻滚，令人怀疑是否是天空在迁徙。

不一会儿，屋顶传来一滴、两滴"叮咚"之声。惊诧间，豆大的雨粒如冰雹"吧嗒、吧嗒"猛然下了起来。转瞬间，小野子山、子持山消失了身影。山风瑟瑟吹过树梢，狼狈的燕雀频频惊鸣，纷纷躲进树叶深处。

雷鸣隐约响起，雨势忽弱忽猛，横飞竖溅。来不及飞走的燕子为躲避雨水仓皇而逃。满眼新绿颔首飘摇，万物鲜活涌动。

当雨稍稍停歇下来时，白蒙蒙的天空，瞬间被染上了紫色，转眼，又变成鼠灰色。不知由何而来的白云突然浮现在这灰色的天空中，宛如神笔画家在浩渺苍穹上一笔横扫而成，随后，又飘飘然向西而去。一眨眼工夫，大雨复倾而下。待到雨停时，又看见小野子山头朦胧显现，西边天空竟然飘出白铜色的云。然而，今日晴空终不复再现，阴晴交替中，夜幕苍然降临。

五月的雪

在香山的五月十五日清晨，天空阴郁，寒气袭人，我裹上了棉服。不一会儿，客栈女侍送来早餐，告诉我说，下雪了。起身推开格子门，见五月里罕见的雪花正霏霏飘舞。

闭门用完早餐，再往外看去，那飘雪已经小了些许，渐渐地便停了下来。约莫过了十分钟，云开雾散，两座银白的山峰涌现眼前，那便是小野子山与子持山。

屏息驻足眺望，朝阳初升，雪山微微泛出金色。太阳渐渐升高，山谷呈现出两三条白底见蓝的阴影，悄然将山峰与峡谷分开。

过了四小时左右，再看那山峰，雪已消融，小野子山与子持山便又回到寻常的模样，真是如梦如幻。

香山的早晨

太阳从赤城山升起。

凌晨四时左右起身，推开房门，见山色蒙蒙，峡谷中晨雾弥漫，如同海面。人未醒，烟未起，只闻见睡意蒙眬的鸡鸣声。

不多久，赤城山背面忽地射出白金色的光芒，眨眼工夫，朝日便从山中冉冉升起。

日出山巅，金光的光芒由柔变强，终于穿破朝雾，充溢山谷，犹如圣灵初降蠢笨的人心。灰白的群山渐渐透明起来，赤城山被包裹在浅浅的青紫色光中，子持、小野子山也微微露出碧绿。远山依旧朦胧，山麓间的峡谷还在朝雾中酣睡。

太阳越升越高，赤城山与杉树林间变成了光的峡谷。茂密的杉木林紫烟萦绕，稀疏的松树在金光下像碧玉闪闪发光。原本浑然一色的小野子、子持两山此时也浮现出梦幻般的襞褶。那襞褶越来越清晰分明，将明亮的峰峦与碧烟的山谷区分得清清楚楚。山麓间的雾霭徐徐移动，森林露出来了，山脚下的农家也出现在眼前。

此时，阳光已洒满伊香保的城镇，家家户户炊烟缭绕，欢喜晴空的鸟雀之声不绝于耳。放眼望去，十里、二十里开外的远山都齐面东方，迎接着朝阳。

相模湾水雾

清晨，严霜凛冽，相模湾的水蒸气如雾升腾。

七时半，登高眺望，田越川至相洋一带，一片青白色的水雾蒙蒙如烟。远处的富上山，近处的小坪岬端都只露出半个身姿。江之岛最初还隐约可辨，随后便消失了身影。足柄山、箱根山也抵挡不住袭来的水雾，只时隐时现地露出尊容。

七时四十分，太阳渐渐升高，满眼的水雾即刻变成透明的淡紫色。在阳光的蒸发下，相模湾的紫气更加迅猛升腾。江之岛完全被湮没，足柄山、箱根山也只勉强露出一寸高的头。一秒又一秒，水雾的来势更加凶猛，如猛火烈焰回旋蒸腾。除富士的半个山峰和小坪岬的最顶端，所有群峰全然不见了踪迹。水雾吞蚀着一切，沸沸腾腾，无休无止。阳光更是助其势头，那满目的紫烟像是要冲击云霄。

七时五十分，阳光照亮了所有的水雾，弥漫海面的紫气像是终于感知到了太阳的威力，一片片被分割开来。在料想不到的方向，突然露出了一线海水，半空中也露出了山的一角。富士山脚呈现出来了，足柄、箱根山的容颜也显现了，江之岛在紫烟散尽处微笑。山与海的界线清楚起来，小坪岬脚下充满了阳光。

随着时间的推移，太阳的威力更加强大。残烟剩雾四处逃窜，飘进了海里、山里，像梦幻般消失得无影无踪。相洋豆山宛如刚被开辟出来一般，江之岛海面两三点金帆闪烁。两只水鸟在海面上画着圈，盘旋飞翔。

此时，刚过八点五分。

富士倒影

冬至，太阳落在伊豆天城山边。

冬至过后，一天接一天，落日向伊豆半岛北端移行，过了春分，跨越富士，待到夏至时，便终于在大山一带落脚。

夏至之后，太阳又顺着来路，一日复一日向南归去。秋分时节，越过富士；到冬至，便又在天城山边歇下脚。

上半年前往，下半年回归，富士山便成了这半途中的关山。太阳来回越过富士山时大概是在春彼岸或秋彼岸[1]前后。太阳经过富士两次，便又是一年轮回。

就在这春彼岸、秋彼岸时节，太阳歇在富士背面，富士山倒影便落在了相模湾。

"那倒影十分清晰。"村里的渔夫们说道。

遗憾的是，时至今日，我还从未见到过相模湾中富士完美的倒影。

风平浪静之日的傍晚，站在前川的河滩上，可看见对面沙

----

[1]　以春分、秋分为中心的前后七日间分别被称为春彼岸、秋彼岸。

洲下富士山巅的倒影。站立着便看不到，即便俯身而视，也只能看见上半部的一点点。人人向往的富士，你的倒影更是让人顶礼膜拜！

日落时，天黄黄的，海映着天，亦显得黄黄的。相豆的群山则被染成紫色。风平息了，海上归来的渔舟，降下紫色的风帆，船夫们哼着船歌摇橹回家。此时，站在前川边观望，富士的半个倩影浮现在金黄的水面上，紫色融于水中。忽然，有人立于沙洲，肩搭着渔网，是在寻觅夕潮里的鲻鱼。他的头划破水中富士的紫涟漪，身影则立于水中富士的山巅。

渔　网

从御最期河畔的葭芦渐渐枯黄的秋十月、十一月，至翌年春三、四月收割后的芦荡里嫩芽长出两三寸，吐露淡紫的时节，村里的百姓利用农闲期，到处架起了渔网[1]。远远望去，褐色的渔网东一个、西一个，走在寒冬枯寂的田野间，自然便知河流的所在了。

在霞浦边的土浦附近见到的渔网非常大，放网收网时得用辘轳上下滑动。渔夫们守在水边不到一平方米的小屋里，不分白昼，每隔二十分钟便提起网来看一次。小屋里放有饭盒、烤火盆、烟盒、提灯等什物，棚架上通常还放有烫酒用的酒壶，渔夫们便在这小天地里打发着日子。捕获的鱼有鲤鱼、鲫鱼、石鲋鱼、虾、鳜鱼等，种类甚多。在逗子一带，有的在水

---

[1]　本文中指用木头或竹子等架起框子的四方形浅袋状渔网。

边搭起低矮的脚手架，在渔网四边竹框的交叉处系上草绳，每隔一会儿提上来看看即可，能捕获到鲻鱼、黑鲷幼鱼，偶尔还有虾虎鱼、虾等。

这种渔网，作为景观的小点缀，确实有趣极了。

风和日丽、四处春意萌动的时节，早开的梅花五六枝在村头路边的篱笆上溢香。伫立田越的桥头观望，或走行在村庄之间刚刚泛青的麦田中，都可见五六只架起的渔网。那渔网近看很大，远看很小，顺着蜿蜒的河流排列，悠悠然沐浴着阳光，如同画儿一般。忽然，有一只渔网无声地落下，紧接着，又有两只落下。这边提上一只，那边落下一只，此起彼落，好一幅生动的景象。

伊豆的落日将逗子三面环抱的群山染上了紫色。村庄四周树叶落尽的榉木林则化成了暗红的珊瑚林。麦田的绿色泛着黄光，从田埂小路归来的村翁红脸胜过赤鬼，肩上的锄头尖金光闪闪，眼观之处一片火红。此时，御最期河的流水比平时亮了十倍，临水的渔网也个个红似火，鱼儿惊吓得不敢靠近，跃入水底的身影清晰可见。

不一会儿，太阳落山了。神武寺的钟声回荡，告知着黄昏的来临。残照的色与光比"所罗门的荣华"[1]还消逝得快。暮色从夕烟袅袅的山脚下的村庄涌起，约莫半个小时，大地便苍茫一片。没有月光的夜晚，御最期河流宛如一条缝合夜幕的银带。

---

[1] 传说以色列国王所罗门（前961−前922年）长于理财，通过经商积累大量的财富，修建了许多豪华的建筑，被称作"所罗门的荣华"。后因向人民征收繁重的苛捐杂税，导致所罗门死后国家分裂，荣华殆尽。

忍着夜间的寒气，驻足河边，如玉的月亮映在水中。藏在暗处的渔网，影子却鲜明地卧在河畔，鲻鱼等穿游而过，水波泛起涟漪，渔网跃动着，犹如要捞起那逃走的月亮。

农家炊烟

我爱烟，爱农家的炊烟。登高远望，每每看到那远近村落的炊烟相互呼应，悠悠升向天空的模样，心灵便愉悦万分。

然而，市井俗流今已波及村落，农家淳朴之风渐渐消失，赌博、淫欲、奢侈、游惰、利益纷争之风侵入家家户户，时常令人感到不如将这房屋与人一并焚烧掉才好。

当然不应如此了，教而化之才是最好的方法。

唉，假如我有能力，我将遍赠"三物"予全国的村落。那三物便是良医、良师、良牧师。

良好的诊所、良好的小学、良好的教堂。

这三物是建设健全村落的三要素。而健全的村落又是建设健全之国家的根本。

果实结得太多，则会压断枝头；一味积累财富，则将亡国。请让我们的国民敬仰天道吧。

君不见，农家的炊烟虽出自茅屋，却在冲天而行吗？

写生帖

从前有位画家，作画一幅。别的画家都拥有珍贵的颜料，创作令人惊异的画。唯有此画家仅用一色作画，那画中有着令人不可思议的红辉。别的画家问道："你由何处得来此色？"那画家只笑而不答，继续埋头作画。画面愈发鲜红，画家愈发苍白。终于有一天，画家死于画前。安葬时，解其衣襟，见其左胸处露出一旧疤痕。然而，人们依旧在问同一个问题："他由何处得来此色？"不久，画家便被人们忘却，而他的画却永远鲜活。

——节译自奥里弗·施里弗[1]女士著《画家的秘诀》

哀　音

你可曾在静谧的夜晚听见过江湖艺人的三弦琴声？我虽并

---

[1]　奥里弗·施里弗（1855-1920），南非女作家、评论家、激进的自由主义者、和平主义者。代表著作有《妇女与劳作》《非洲的农场》等。

非生来脆弱之辈，但每每听到那哀音，总是泪流不止。

　　我不解其中缘由，但只要一听到那哀怨的声音便有断肠之感。古人云，凡美妙之音乐皆能使听者悲戚。确实如此呀。小提琴的呜咽，笛声的哀怨，古琴的萧瑟悲凉，从钢琴、琵琶类到普通乐器，只要凝神侧耳倾听，总会唤起我的哀思。哭泣是为了减轻痛苦，哀怨的乐器比泪水还能慰藉人心。啊，我原本一个浪迹天涯之人，曾夜泊赤马关外，听到过和着潮声的悲歌，令我断肠；也曾在北越的客栈听到过悲哀悠长的追分民谣，令我泪流满面；还在月明风清之夜于中部滨海上听到船歌之声，在飘雪的清晨于南萨的道中听到马夫的歌声，这些歌声皆撼动着我的心扉。然而，这些都不如那街头艺人的三弦琴声让我断肠心碎。

　　严霜之夜，十里开外都能听见响声。月色溶溶如水，与白昼的喧嚣相反，都市一片静寂，此时，突然传来一阵三弦琴音，那琴音忽而高亢忽而低沉，余音渐渐远去，随后便消失。推开窗户，只见满地月色。请君静下心来听听那一刹那的声音吧。弹者无心，听者有情。我静听琴音，那三条弦如同捻线一般，牵动着亿万人的心弦。琴音或高昂或低鸣，令人欷歔不已。如同自亚当以来，人的所有苦痛烦恼悲哀都被集中于弦上，向上天诉说一般。一曲人生行路难，真的令我愁肠欲断。啊，我为此哭泣，也不知这泪水为何而下。是自悲，还是悲他人之悲？不知，不知。只是此时此刻，感受到了人类的烦恼与苦痛。

　　上天使才华横溢的诗人无法吟尽人间所有的悲曲，却让巷间中的无名之妇替人间对天悲诉。有言之悲不为悲。我从这哀音中感受到了无以言表的悲哀，无数的鲜血，无数的泪水，闻之便悲戚万千。

请容我妄想。每每传来卖艺人的悲曲，便仿佛听到有罪的孩子伏于母亲膝下哭泣，又仿佛看到迷途的恋人在追逐爱情中的彷徨。每当读到华兹华斯的"平静而悲哀的人生乐曲"这诗句时，便会忆起那哀婉之音。

可怜儿

（一）

伊豆山上，夕阳西斜。叶山海滨金色的浪涛涌来涌去。

我散步返回长者崎。

垂头漫步，突然传来"簌簌"的沙鸣声，一大一小两个影子落在了眼前。抬头一看，原来是两个人。

年长的约莫四十来岁，保姆模样。年幼的大约七八岁，一位漂亮的小姑娘，头发左右分开，洁白的额头上留着鬈曲的刘海，身着紫色箭翎花纹外套，脚踏一双系着红绢带儿的防雪木屐。

妇人默默无言，小姑娘也不发一语，清秀的脸蛋儿上有着小孩儿不应有的悲凉寂寥。

"是谁家的孩子？"我向走下海滩来的渔夫的妻子问道。

"那是秋田家的阿芳小姐呀。"她低语道。

秋田！是前不久因家庭纠纷而自杀身亡的秋田子爵夫人留下的女儿吗？

我不禁回头张望，见她俩此时正走进一块大岩石的背后，紫花衣袖隐约可见。

我低头漫步，见沙滩上留下一串防雪木屐小小的足印。

我依然低头漫步。

夕阳的余晖洒满大海高山，今日的暮色也在静寂中来临。海滨人迹消失。海浪一浪又一浪卷至脚下，溅成水沫；又再一次卷至脚下，溅成水沫。

有渔船从数十米外的海面经过，船夫忧伤的歌声在黄昏的天空中回荡。

我的眼睛模糊了，泪水扑簌簌地滴落在沙滩上。

（二）

可怜的孩子！你的母亲是位美人，被人求爱做了秋田子爵夫人。可谁曾料到，那玉舆原来是由荆棘编织而成的呢。

丈夫出身名门贵族，拈花惹草，吃喝玩乐。曾三次易妻，十一次换妾，游青楼，戏民女，住在别墅里，过着昼夜颠倒的放荡生活，全家人都为之而苦恼。

夫人嫁与他后，生女芳子。

丈夫喜新厌旧，其放荡的行为给夫人带来了永久的不幸。

小妾夺走了丈夫对她的宠爱，丈夫与她断绝了往来，前妻的女儿们也事事欺负她。寻求爱情，不能得；渴望自由，不能得；请求离婚亦不能得。被怀疑、诋毁、虐待、幽闭。她绝望了，终于在某月某日，于叶山别墅仓库的二楼用短刀自尽。

可怜的母亲！可怜的孩子！

（三）

我一边走，一边想，不觉来到森户桥上。诹访台一处卵黄色墙面的宅院醒目地高耸在夕阳中，不用问，便知道这就是那家的别墅。左手边一室，就是夫人自戕的房间。夕阳照在房间的玻璃窗上，金光闪烁。

我凭栏立于桥上，一只乌鸦由桥对面的松林上飞起，"哑哑"鸣叫，掠过那别墅的屋顶，越过远山，飞翔而去。

太阳沉没了。

光芒如梦幻般消失，暮色笼罩了世界。我默然伫立于黄昏中。

海运桥

没有记哪一年，也没有记哪一天。既无前日，又无后日。

一日，我正要渡过位于东京日本桥区第一国立银行附近的海运桥，无意中发现桥脚公厕旁有一群人。

一位四十五六岁、穿着寒酸的妇女，头发蓬乱，浅黄的布单衣旧兮兮的，趿着两只不一样的木屐，背上背着一个两岁左右的女孩，手上牵着一个五岁左右的男孩，低头站立着。旁边的警察正在向她盘问着什么。

妇人扑簌簌地流下了眼泪，一只手牵着男孩，另一只手兜着身后的女孩，眼泪也没法擦，满面是泪。

背上的女孩睡得香香的，手上牵着的男孩惊讶地望着母亲的脸。身边还有约十岁、七岁左右的两个男孩，正茫然地看着小河那边。

我心恻然。走过去听警察的问话。原来，她的丈夫离家出走，不知去向，由于付不起房租，今天被赶出了大杂院，正走投无路。

旁边还有两三人正驻足听着警察和妇人的问答，片刻便匆忙离去。一位坐在印有金纹标记的人力车上的绅士，从车上往这边一瞥，便急速而去，车轮滚滚，径直进了银行的大门。

我摸摸袖兜，囊中已无分文。我叹息着，朝河对面望去，第一银行的建筑物如同城堡一样壮观，屋顶上的旗子在空中威武飘扬。

那里有千金万银。可是，唉，可是呀。

樱　花

二十余年前，有一孩童，被大人牵着手，经过肥后[1]地方一个叫木山的乡村小镇。

那是明治十年，孩童为了躲避战乱[2]，正走在投奔亲戚家的途中。

木山镇是萨摩军的大本营，设有医院，到处可见受伤的萨摩人。大小不同的步枪堆得像稻草垛一样。士兵们披着沾满污泥的蓝毛毯，有的一边找着虱子一边打瞌睡，有的在缝补裹腿裤，也有一边擦拭着枪炮一边高声交谈的。孩童东张西望，传

---

[1]　日本旧藩国名，今熊本县。

[2]　明治十年（1877），日本政府讨伐旧萨摩（今鹿儿岛）士族叛乱的战争。保守派士族首领西乡隆盛战败自杀。史称"西南战争"。

进耳朵里的全是听不懂的萨摩方言。孩童战战兢兢地抓住大人的手前行。萨摩军连连败北，缺弹少粮，命运岌岌可危。按理说，他们是没有心思取乐的。然而，这里到处都能听见他们的高声笑语。在孩童看来，他们虽是叛贼，但并非鬼怪。孩童又继续前行。正在此时，从对面走来一位男子，他身着褪色的灰色西服，脚跆木屐，红色刀鞘里插着长刀，左手的绷带从脖子上吊下来，右手握着一枝盛开的山樱，大摇大摆地走了过来。突然，旁边店里一位正在磨刀的人叫住了他，男子把山樱凑近了那人的鼻子，两人飞快地说了几句什么，呵呵地笑了起来。那男子随后又把那枝山樱给了刚好从旁边经过的孩童。

"吓坏你了吧？哈哈，哈哈。"

男子大笑着离开了。

孩童捏着山樱走了约莫半里地，才将山樱扔进了路旁的小河。

那日的孩童今天将这往事记录了下来。给他山樱的那位腰挎红色刀鞘的男子到底是何人呢？他后来又怎样了呢？全然不得而知。然而，二十年来，每每看到樱花，那挎红色刀鞘的男子便会出现在记忆中，仿佛就站在眼前。

兄　弟

宇都宫车站尚在一片微暗中。

我正在去吾妻山喷火口探险的途中。

发车的铃声响起，灯光闪烁。突然，窗外传来争吵声。

我打开车窗往外张望。

站台上立着两个人。一个约莫四十二三岁，脸色青白，颧骨高凸，眼睛混浊，薄薄的嘴唇，满脸的络腮胡好像五天都没剃过，像乱木桩子一样冒出来。他头戴一顶锅底形旧帽子，身穿平织布棉袄，系着围裙，手里拎着一个大包袱。另一位男子大约三十四五岁，黑乎乎的脸上长满麻子，没有眉毛，嘴唇很厚，沉重的眼皮下面，眼睛如电一样发光。他身穿一件粗糙的毛织短防寒外套，光脚穿着一双草鞋。

突然，手拎包袱的男子猛地跳上了火车，满脸麻子的那位一把拽住他的袖子，那人挣脱了袖子，麻子马上又去拽他的包袱。

"你要干什么？"

"你想溜掉吗？"麻子咬牙切齿地一边说，一边拽着包袱往下拖。

五六位车站管理员奔了过来。

"你们怎么了，怎么了？"

火车车窗口挤满了看热闹的乘客。

"他是小偷。借了我的东西不还，还想溜走。哼。"麻子吼叫着继续拖那人的包袱。车上的男子被拽得踉踉跄跄，回答道："放手！不是说好了，我回去后一定想办法吗？各位，这里边是有各种原因的。喂，快放手！"

"不放！你老是说谎，骗子，畜生，哼。"

发车的铃声又一次响起。

站长过来了，巡警也过来了。"出什么事了？""到底出什么事了？""请不要耽误大家的行程。"

"其实，我跟他就一点儿小事。"

"什么一点儿？骗子，畜生，小偷，哼。"

"不要嚷了！"站台上吵吵嚷嚷，一片混乱。巡警强行把麻子拉走了。

麻子一步一回头，狠狠地骂道："哼，你搞清楚，我们不是什么兄弟啦，你这个畜生，什么兄长，见鬼，都是骗人的。"麻子眼里冒着狠光，咬着嘴唇跟在巡警后边离开了。

他们竟然是两兄弟呀！

我不由得悚然发抖。

车厢里的眼睛齐刷刷地转向了恰巧坐在我对面的那位拎着包袱的男人。那男人惊慌失措地环顾四周，嘴里念念有词道："哼，还是弟弟，为一点儿小事，竟然在众人面前吵，哼。"他一边说道一边将扯散的包袱放在膝盖上重新扎紧，手颤抖着。

车内鸦雀无声。

我家的财富

（一）

我的家不过三十多平方米，院子仅十平方米。有人说它既狭窄又简陋。然而，屋虽窄，却能容膝；院虽小，却能仰望长空，亦足以信步其中，遐思永恒。

这里有日月之神照耀，有四季之时眷顾，有风雨雪霰交替来访，情趣无限！蝴蝶舞于其中，夏蝉鸣于其中，小鸟游于其中，秋虫吟唱其中。静静观来，仿佛宇宙间的财富都充溢在我家十平方米的庭院中。

（二）

庭院里有一棵上了年代的李树，一到春四月，满树开出蓝白色的花。有风之日，白花飞舞碧空中，满院飘雪。

邻家的花树甚多，飞花随风飘舞，落进我家庭院。红雨霏霏，白雪纷纷，片刻间，庭院如披花衣。仔细一瞧，有桃花、樱花、山茶花、棣棠花，还有李花。

（三）

院角有一株栀子花[1]，五月梅雨天的夜晚，令人抑郁的时节，开满清香的白花。主人少言，妻子寡语，此花开在我家中，尤为相宜。

老李树的背后还有一棵梧桐树，树干挺拔端正，似乎在告诫人们，做人要像它那样正直。梧桐与石水盆旁边的八角金盘叶片宽阔，让我家的雨声非同凡响。

李子熟了，浑身白粉的果子像琥珀玉球般咕噜噜掉下。我心想，家中要是有个男孩儿，我拾起李子给他，他该有多高兴呀。

---

[1] 日语中"栀子花"的发音与"少言寡语"谐音。

（四）

蝉鸣声中，时令不知不觉进入了秋天。山茶花开了，三尺高的枫树火红起来，房东留下的一株黄菊也开了。名苑的花卉固然美丽，然而，秋天幽情闲寂之趣则在我家院子的枝头上。诗翁蜕岩[1]吟唱道"独怜细菊近荆扉"，惭愧的是，我无法吟对出"海内文章落布衣"的诗句来。

屋后还有一株银杏。每至深秋，满树金黄。朔风刮来，如同仙女玉扇般的黄叶，随风翩翩而落。夜半醒来，疑是雨声。清晨起身，推门一看，一夜间，满院金色，连屋顶、屋檐、石水盆上都金黄一片，还有片片红叶相间其中。人言道，一寸锦缎一寸金，这锦缎便铺在我家庭院中。

（五）

树叶落尽时，不免心生凄凉寂寞。然而，日光月影渐渐增多，能尽情仰望长空，静观星辰，着实令人欣喜不已。

国家与个人

家家户户门前都挂着国旗，到处都竖着凯旋门。

新桥车站附近人如潮涌。男女老少，喧嚣不已，有的骂骂

---

[1] 梁田蜕岩（1672-1757），日本江户中期儒学家、汉诗诗人。曾赋诗："琪树连云秋色飞，独怜细菊近荆扉。登高能赋今谁是，海内文章落布衣。"

咧咧，有的欢天喜地。"奉迎圣驾"的彩旗，红的、紫的、白的、蓝的，在五月的天空中迎风飘扬，空气中弥漫着忠君爱国的气氛。

突然，有两三台堆满稻草的推车，冲开人群，想要穿过去。警察大喝一声，让车停了下来。

身后随即传来一阵嘀咕声："干什么呀，畜生。有什么好看的，哇啦哇啦地乱嚷什么，畜生，推车又怎么办？"

我惊愕地回头张望，一望则又是一阵惊讶。

身后站着的人，像是一个打临时短工的，须发蓬乱，黄褐色的脸上泛着青黑，透出奇怪的光亮。颧骨高高突起，过于深陷的眼眶里茫茫然的目光闪着饿狼般凶狠的光。穿着像是用抹布拼缝成的褴褛单衣，袒胸露脯，腰上系着根草绳，打着赤脚。

人群中有一小孩，正啃着的馒头不慎掉落在地，那系草绳的男子猛扑过去，抢起来便吞了个精光。

他实在是饿极了。

小孩在生气，众人在嘲笑，我却欲哭无泪。

世上没有比饥饿更悲惨的了，也没有比饥饿更可怕的了。饥饿能迫使人吃人，饥饿也能摧毁巴士底狱。

忠君、爱国。可任凭你说。

只愿陛下的赤子不再挨饿。

断　崖

（一）

从某小祠堂到某渔村间有条小径，道中有一处断崖，约六七十米的羊肠小道从绝壁边经过。上有悬崖，下有大海，行人一步不慎，便会从数十丈高的绝壁坠入海中，要么被海里的岩石撞碎脑袋，要么被像溺死女人的长发般黏黏糊糊漂在海里的水藻缠住手脚，被冰凉的潭水冻得麻木，断送掉性命，而无人知晓。

断崖、断崖，人生处处多断崖。

（二）

某年某月某日，有两人站在绝壁的小径上。

后面那人是"我"，前面的是"他"。他是我的好友，是竹马情谊的好友——也是我的敌人，绝对的敌人。

他与我同乡，我们同年同月生，同荡一架秋千，同上一所小学，同争一个少女。幼时的我们是好友，更是兄弟，不，比许多的兄弟还要亲。

然而，不知何故，而今的我们成了仇敌，绝对的仇敌。

"他"成功了。"我"失败了。

如同赛马，踩在同一起跑线上的马蹄是没有差异的。然而，一旦奔跑起来，有的马落在后头，有的马跑在前头，有的跑岔了道，冲出围栏，有的摔倒在地。能够安然无恙，一马当先取得胜利的太过罕见。人生何尝不如此呢！

在人生的赛马场上，"他"成功了，"我"失败了。

他走上了一条宽广大道，得到了今日的地位。他的家庭十分富有。他备受父母疼爱，由小学、中学、高中、大学，一直读到研究生，获得博士学位。他得到了地位、官职，并有幸得到一大笔财富，财富又使他赢得了难得的名誉。

"他"在成功路上步步攀升时，"我"却节节败退。家中虽原本富有，却因故失去财富，不久父母也过世。那年，我不足十三岁，不得不独立生活。然而，我心存一片不泯灭的欲望，努力奋斗，争取自立，勤奋读书。正当我临近毕业，突然患上了夺命的肺疾。一位善良的洋人，同情我的命运，回国时将我带去了他的国度，那里气候温暖，空气清新，我的病情日益好转。在恩人的监管下，我开始准备考大学，不料，我的恩人却突然患病身亡。孤苦伶仃的我，漂泊在异国他乡，忍辱做侍者，换得学费，想要继续求学。这时，我的旧疾复发，我想即使死了也得埋骨故乡，于是，我返回故国。然而，我却没死。活着的我，为了维持生计，做了一名翻译。某日，跟随一位洋人来到了某海水浴场，就是在这里，我遇到了二十年未见的"他"。

二十年前，在小学校门挥手告别，二十年后又再度相见。此时的他已是明治政坛中的一位达官显要。而我，仅仅是个只有半条命的翻译。二十年的岁月，把他捧到了成功的巅峰，却把我推进了失败的深渊。

成功能使一切都变得尊贵。失败者低垂的头颅总被踩躏，而胜者的头稍稍低下一点，便被视为美德。"他"主动炫耀没有忘记旧友，如同待朋友一般，称我为"你"。谈起往事，他哈哈笑个不停，说到今日之变故，他说"深表同情"。得意之色写在他的脸上，轻蔑之感挂在他的鼻尖。

我的心情怎能愉悦？

我应邀去拜访他的避暑别墅。他儿女成群，如花似玉的夫人过来行礼，谁能料到她就是那位当年我与他争抢的少女。

我的心情怎能愉悦？

虽说不幸是命中注定，但背负不幸的命运绝非易事。心愿不能成就，却无可奈何。无以成家，无以扬名，孤独漂泊，半死不活，苟且偷生，这也是无奈的命运。然而，现如今，"我"的面前就站着"他"。我在回忆过去的"他"，他在嘲笑现在的"我"，这样的场景于我已是重负，而他又嘲笑着我的重负。怒骂可忍，冷笑难受。天在冷笑我，"他"也在冷笑我。

天真的有情吗？我心悲愤。

（三）

某月某日，"他"与"我"站在那条绝壁的羊肠小道上。

他在前，我在后，相距仅两步。他口若悬河，我缄口无语。他摆动肥胖的双肩大摇大摆前行，我拖着瘦削的身体一步一喘息，咳嗽不已。

我的眼睛不由自主地望向那绝壁深渊。悬崖十仞，碧潭百尺。只需动一根指头，壁上的人便会成为潭中的鬼。

我转过头，然而眼睛依然朝向潭下。我终于冷笑起来，盯着"他"肥厚的背部，目不转睛地盯着，一直冷笑着。

突然，一阵响动，只听"啊"的一声，"他"的身体已经挂在了悬崖边。眼看快要掉下去了，他拼命抓住一把芒草。手虽然抓住了芒草，身子却悬在了空中。

"你！"

仅一秒间，他苍白的脸上，一下子掠过了恐惧、绝望、哀求的神情。

就在这短暂的一秒间，站在绝壁上的我，心中顿时涌起过去与未来、复仇与同情等各种复杂的情感，百感交集，心中充满纠葛。

我俯视着他，站立不动。

"你！"他哀叫着，手上拽着的芒草发出嘎吱嘎吱的响声，眼看根就要被拔起来了。

刹那间，我急中生智，趴在绝壁小径上，不顾病弱的身体，鼓起全身力气拼命将他拖了上来。

我满脸通红，他一脸苍白。一分钟后，我俩又面对面地站在了绝壁上。他茫然站立了片刻，伸出满是血迹的手，紧紧地握住了我的手。

我缩回了手，按住怦怦直跳的胸膛，站立不动，眼睛一直凝视着我那颤抖的双手。

得救的是他呢，还是我？

我再一次凝视着我的双手，我的手上没有一点儿污垢。

（四）

翌日，我独自站在那条绝壁的羊肠小道上。感谢上苍，自己得到了拯救。悬崖十仞，碧潭百尺。

啊，我昨日站立的仅仅是此处的断崖吗？难道不是我人生的断崖吗？

晚秋初冬

（一）

降霜了，朔风乍起。院中的红叶，门前的银杏开始飘落。落叶白天掠过书窗，疑是鸟影；夜晚扑打屋檐，仿若夜雨。清晨起床，见满院落叶。抬头望去，枫树枝头枯瘦，遍地铺满锦缎，昨夜的朔风将树叶吹得只剩两三片、三四片，孤独地沐浴着朝日。昨日的银杏还似金色的云，今日则面枯骨瘦。片片残叶好似晚春黄蝶，四处零落的模样令人哀怜。

（二）

这一时节，白昼十分静谧。清晨的霜露，傍晚的朔风，寒气袭人。白天湛蓝的天空旷远清澄，阳光清美明媚。当窗读书，四周幽静异常，令人忘却生活在都市中。偶有影子映现纸格子门。推门看个究竟，原来是院中李树，树叶飘落，枝梢纵横交错，镶嵌在碧空中。梧桐树上，一片宽大的枯叶似落非落，静静地映在阳光下，情趣无穷。

庭院一派寂静。霜打的枯菊俯身投影，小鸟啄剩的南天竹果实在八角金盘下闪着红光，然而，它已黯然失色，一片寂寥。两三只麻雀在院中觅食。回廊上，老猫在阳光下安睡，一只苍蝇飞来，在纸格子门上爬行，只闻一阵沙沙声响。

（三）

院子里也一派寂寥。栗树、银杏、桑树、枫树、朴树、榆树都落叶了。月明之夜，满地树影，参差斑驳，心生出想要用脚去涂抹的兴趣。焚烧落叶时，庭院内烟雾袅袅。茶花散发清香的傍晚，噼里啪啦的阵雨敲打着栗树的落叶，黄昏漠然来临。假如是西行[1]，必定会吟上几首吧。潇潇暮雨，落在行人的伞上，雨声更显急骤。世界仿佛要在这雨中消逝。此夜，我默默独坐，顾影自怜。

（四）

月色朦胧之夜，踩着微微泛白的银杏叶，伫立院中。清冷的月光下，树隙间淅淅沥沥地洒下两三点——阵雨？还来不及细想，雨便停了。月色复又再现。这样的趣意可向谁诉说？

无月影之夜，寒星满天。我寂然伫立树下。夜晚的空气凝

---

[1] 西行（1118-1190），平安末期、镰仓初期著名诗僧。著有歌集《山家集》，歌论《西行上人谈抄》等。

固不动，良久，才微微吹动。头上枯枝嘎吱有声，脚下落叶沙沙作响。瞬间，便又无声无息，莫非星辰在私语？

月光如霜，洒满大地，朔风如大海咆哮。万籁俱寂的夜晚，仿佛能听见至高无上的自然之声。

夏日情趣

（一）

十二岁那年夏天，曾经在京都栂尾的一处寺院避暑。寺院的下边有一条清流，水流回旋处形成一碧潭，潭上有岩石突起。

烈日炎炎之日，与两三个朋友去附近村庄买来西瓜，然后，佯称是为了在溪流中冰凉它，几个孩童或抱着西瓜从岩石上跃入潭中，或在水中争抢西瓜，相互溅水、嬉戏打闹。水潭沸腾了，溅起雪白的浪花。正当几个孩童眼花缭乱之时，流水悄悄把那翠绿的玉球夺走了。玉球在一沉一浮中漂流而去。于是，孩童们又争先去抢夺，不料岩角撞碎了西瓜，孩童们便你一块、我一块地边吃边游。此时的西瓜多半已经是水了。

寺里和尚称我们为小河童[1]，可真是一群水里的淘气童呀！

---

[1] 日本民间想象中的动物，由水神沦落而变成妖怪，形如孩童，擅游泳。

（二）

家乡姐姐家中有一口清凉如冰的水井。井旁有一块南瓜地，翠叶碧蔓匍匐满地，黄花点缀其间。午后二时，蝉鸣聒噪，眼睑重千钧的时刻，赤脚奔至井端，汲上一大桶水，挂在高处架子上。然后，去南瓜地里找那枝蔓弯曲的摘下，插在桶里做导水管，赤条条地从头浇到脚，那份快意至今难忘。

（三）

从富士山下山归来，与朋友各乘一匹马由中畑至御殿场方向而行。一路上，路旁低矮的茅草中，生长着山丹、轮叶百合、瞿麦、桔梗等各种夏秋花草，仿佛行走在画中。唤住牵马的小姑娘，替我采来一捆，放于马首旁。我欣赏着花的清香，随后，又用野花拍打着前边马背上戴着海水浴帽的朋友的脊背。

离开中畑时，已近正午。火辣辣的太阳当头照来，骑在马上汗流浃背。走了半里地光景，突然传来一阵轰鸣声，爱鹰山一带涌出一团黑云，眼看着向东南天空扩散，湿润的风嘤嘤地迎面刮来。抬眼望去，炎阳像被抹掉一般，万物的影子从地面消失，原野、森林一片阴沉。马儿打着响鼻，欢快前行。

"日照原野草，黄昏雨清凉。"此时此刻，才体会到西行诗句的妙趣。

（四）

前文中提到的我姐姐家，位于不知火海[1]之滨，靠近天草附近。这里大大小小的岛屿星罗棋布，水深而蓝，环绕在岛屿之间，悠悠然随性所致，或成河，或成湖。陆地与岛屿、岛屿与岛屿之间的狭窄地带，两边的人低声说话都能听得见。小孩子们习以为常地借助水盆渡来渡去，这场景便是所谓的"岛间海为涧，渡船小于瓜"吧。

江村八月鲈鱼肥。约亲朋好友三四人，乘一叶扁舟，载上渔竿、锅碗瓢勺、柴米油盐，便可出海。即便烈日当空，水面也微风轻拂。将小舟泊于岛影宁静处，便各自垂钓。船老大的钓钩上已钓到一条尺把长的鲷鱼，还有两三条小鲈鱼。我们这些外行偶尔只钓得到几条杂鱼，真令人生气。

此时，已近正午。唤来那边已钓上了许多鱼的小舟，买了一条大鲈鱼。随后，将船系在岛上的松树上。趁船老大煮饭做菜的工夫，头枕在胳膊肘上躺了下来。阳光炫目，不得不像女孩儿一样以袖遮脸。背下，海水呱嗒呱嗒舔击着舱底，小船荡漾，仿佛身在摇篮中，不知不觉间梦已行至两三里外。突然，被一阵雷鸣般的声音惊醒，张眼一瞧，原来是船老大在喊："客人，饭做好啦，快起来呀。"

竹板变成饭桌，碗里盛着米饭和汤，大盘子里堆满生鱼片，小碟里装着酱油，用潮水淘过的米吃起来虽稍有咸味，却

---

[1] 九州八代海的别称。源自夜晚海里出现的不明火光，因海上产生的有温差的气团所致，看上去像海上渔船的灯火化作无数忽闪忽闪的光。

也十分可口。船老大用生锈的菜刀切成的大块大块的鲷鱼片、鲈鱼片比木工用斧子砍出的木片还要大，但味美至极。

吃罢饭，上到岛上，用岛民家中的井水润了润喉咙。回到船上后，脱光衣服，从船上纵身跃入海中，畅游一番回到船上，便又小睡一会儿。太阳西斜时，微风吹拂海面，摇起小船，换一个地方，再继续垂钓。太阳终于落山了，海岛一个接一个隐没在暮色中，闪烁的水面紫光溶溶，片刻又泛出白光。返舟还家，咿呀咿呀的橹声中，星星一个一个被唤了出来，倒影映在水面，小舟仿佛行驶在星空中。黑黝黝的岛上偶有灯火闪现，人无声息，只闻虫儿私语。

小舟前行中，天空、水面渐渐暗黑下来。橹桨溅起水花，小舟两旁鲻鱼、鲈鱼穿行而过，在水中泛起银光。夏夜易逝，归来后，江村已夜色茫茫，一片静寂，唯虫鸣声此起彼伏。

（五）

某日夜，因头痛发热，不能入眠，便起身漫步院中。蓝蓝的月光从黑黝黝的树梢漏下，如雨倾泻。四周虫鸣不绝。走至井端，放下井绳汲水。月色悠悠，在井水中摇曳。吸水入口中，仿佛连月光也被一并吸入。将余下的水倾覆于地，月影随水一滴一滴掉落地面，美妙无比！我情不自禁地再汲起一桶，又一桶，接二连三地把三桶水倾覆于地面。随后，便久久伫立于虫鸣树影中。

（六）

　　滞留逗子的某日，赤日炎炎，戴上用麦秆做的游泳帽，赤条条地划着小舟，独自驶到前川的一处无人烟之地。这里是御最期河两条支流的交汇处，水藻间有一深潭，那里是鱼儿的巢穴。将轻舟停靠此处，要么垂钓，要么看报，要么放下鱼钩，头枕胳膊午睡。有时一觉醒来，渔竿早被鱼儿拖走，有时倒也能钓起七寸长的虾虎鱼。

　　右边支流汇合处，有一片青芦洲。洲上遍生松树，树脚的草丛中开满红百合、瞿麦、射干等花，此地白昼也能听见虫鸣声。芦洲四周尽是软沙，有时，泊舟此处，上芦洲采来一些红百合。河面朝日流紫，水浅见底，宛如无水一般。片片日影映入水中，若有若无，似动非动。静观之，有青虾游戏其间，肢体透明，色如水珠，不加细看，便无从辨认。唯游动时，黑影映在水底，方知它的存在。仔细一瞧，青芦根部，浅水沙滩上，都有青虾移动。伸手捕捉，一会儿工夫便可抓到一渔篓。

　　水越是混浊处，能钓起的鱼儿也越多。多雨时节，只穿一件衬衣，跳进水中，将渔竿斜插在河里，同水面保持四十度的倾斜，便只需静待鱼儿上钩了。茶褐色的水流混浊，如膏脂一般。渔竿与渔线的影子倒影在水中，物与影都形成一个不规则的三角形状。如果在水中站立太久，有时会有螃蟹爬到腿上，可能是把我的脚当成了水里的木桩吧，这倒也十分有趣。

　　片刻，天空忽然阴沉下来，水面上啪嗒、啪嗒掉下了雨点，雨滴落下处，水面泛出蛇眼状的波纹。雨滴渐渐频繁起来，水面漩涡交织，随后，雨哗啦哗啦地下了起来。抬头望去，空中仿佛垂下一个薄薄的水晶帘子，罩在了水面。小坪一带的群山暮色苍茫，最后，松林也时隐时现隐没在雨中。

雨下了一会儿，便突然停住了。水流渐渐混浊，吸饱了雨水的青松林，浮现出碧绿如墨的身影。水珠从渔竿尖上顺着渔线滴落，水面泛起一圈圈波状涟漪。

垂钓归来时，虾虎鱼、鳗鱼满满一渔篓。

（七）

相约大人小孩三四人，出海垂钓。过了一会儿，望见富士山前紫铜色棉云翻卷，云层中传来阵阵轰轰雷鸣。然而，海上依然一波未起，风平浪静。

向大岛方向眺望时，船老大说雷阵雨马上就要来临，可我们眼里却什么也没看出。再朝海上望去，"下过来了，下过来了，看，下过来了"。船老大话音未落，海面黑云便压了过来。只见一里外的渔船已慌忙卸下风帆，周围海面波浪涌起。骤雨越过大海是如此地神速！还未来得及说一声返航，乌云便飞卷而来。冷风嗖嗖刮面，小船近旁似有亿万条水族在兴风作浪。瞬间，银白的雨点便打在了船板上，一点、两点、千万点，顷刻间，一叶扁舟便陷入黑风白雨的重围中。

没有雨伞，即便有也无法撑开。抽出铺在船底的草席顶在头上，大人小孩儿三四人蹲在船舱，挤在一张草席下嬉笑打闹，电光雷鸣击打着渔舟，飞溅的雨水湿透了衣袖。

湘南杂笔

　　家兄为官之时，曾戏作小诗一首赠之，诗云：

　　　　青云，

　　　　白云，

　　　　皆为云。

　　　　然我是白云，

　　　　听凭心之所向，

　　　　翱翔长空。

元　旦

　　清晨早早起身，汲来若水[1]洗面。吃罢贺岁年糕汤，便出门登樱山。远眺富士，山峰深藏云雾中，不可一见。

　　下山时，路过逗子村，一农家的山茶花开出三四十朵。旁边，枝头参差交错的梅树上，斑斑点点，如蝴蝶的翅膀，仔细一瞧，原来梅花已开放。

---

　　[1]　指元旦清晨汲的水。日本习俗中认为此水可以驱除一年的邪气。若水还可用来煮年糕汤、泡吉利茶、供奉神等。

当阳之处，偶可见一两朵紫堇、蒲公英。

村里的舟船上竖着国旗，挂着吉祥松枝。孩子穿上节日的盛装，有的在打羽毛板球，有的放着风筝。虽有些清冷，却也是一派新年气象。

一月一日记

冬的威严

冰雪尚未消融，天寒地冻。万物缄口无声，失去生机。

穿过沙山的松林，来到原野，北风嗖嗖刮着两鬓，握着手杖的手也冻僵了。天空寒云漫漫，一眼望去，满目枯山荒野。经过野川桥时，阴霾的天空飘雪如粉，霏霏而降，不一会儿，便又停止。

此乃"冬"也。披雪的茅屋身影龟缩于寒野中，一半田地已凝成冰雪。树林中传来怒涛般的吼声，那便是"冬"之声了。枯芦挂着残雪沙沙作响，枯干了，枯萎了，那声音仿佛要撕裂我的灵魂。

春天还不到来吗？

村庄尽头有一女子，正扫开积雪，采摘冬菜。村边山茶花红了起来，梅花也星星点点开放。

一月十日记

下霜的早晨

院中石水盆里结了厚厚一层冰。出门走在路上，见被打捞起来堆在路旁的海藻上白霜如雪。田越川河面上浮着一层薄冰，涨潮时，冰层发出嘎嘎破裂声，断裂的冰块随着潮水浮向上游。

走进河边的芦苇丛，脚踩着冰冻的泥土，拨开披霜的芦苇前行，五六只受惊的鹬鸟扑打着翅膀飞向对岸的芦苇丛中。芦丛的尽头便是农家的后院，一只渔网悬挂在阳光下，像紫纱一般闪闪发光。网眼上有像是白羽毛、闪着银光的东西，原来是挂在上面的冰片。

太阳渐渐升起，封住河川两岸的冰雪开始融化。随着冰霜消融，蔚蓝的天空、灰枯的芦苇、泛黄的松枝、紫纱一般的渔网便一一显露出来。载满海藻的小船，冲破薄冰，溯流而上。与岸边的农夫讨价还价一番后，买回海藻，用作麦子的肥料。一船的海藻仅三四十钱。

一月十六日

伊豆山火

傍晚，伫立海边，见半边天空火光数点。是星星？过于红了。是渔火？过于高了。啊，原来是伊豆的山火。

白昼遥望，海的对岸处处青烟袅袅，夜晚便又如此火红。是山火乎？或许大海对面也有人家，是他们点燃的火焰吧。或许是住在海对面的"人"为给相隔十里海面的"人"传递生活的信息而点燃的烽火吧。

一月二十日

霁　日

今日的天气也如水晶般清朗透明。

河上水雾弥漫，道路坚硬似铁，田野一片霜白。

弄碎院中石水盆里的冰，一边洗手，一边往后山方向张望，见"咳嗽神祠堂"下，五六个男子在烧火、闲聊。青青的烟雾掠过山头，飘散在旭日晨空中。

不一会儿，他们上山割起白茅来。沙沙、沙沙，遍山白茅的山丘像被剪掉头发那样，从上到下被剪掉了白茅，转眼间，便半山光秃。一捆捆枯茅被扔了下来，堆在山脚下。

朝日洒满庭院，邻家的主妇挽起袖口，去到井端洗濯，客栈的女主人则满面阳光切着腌萝卜头。旁边，两家的孩子三四人在嬉戏玩耍。行人相见，寒暄的竟是同一用语："今天真暖和呀！"

午后，潮退了。河口的浅滩上，妇女孩童在采摘海青菜，拾捡牡蛎。河畔的芦苇丛中，有人在簌簌地割着芦苇。

背阳的水田里依然结着白茫茫的冰，当阳处则渐渐冰雪消融，不时发出吱吱的破冰声。早晨，已经有人在"咳嗽神祠堂"点燃了火，过去一看，木瓜已含苞，枇杷花则已凋萎。

背着枯松枝、枯细竹的男男女女，手里拿着耙子，走下山来。

邻家的劈柴声频频入耳。

一月二十五日

五谷神祭日

初午[1]的大鼓声咚咚响起。

梅花已开六七分,麦苗才长二三寸。

村村插起印有"奉献稻荷大明神"的旗帜,男孩女孩换上盛装来来往往,家家盛宴,人人皆醉。

二月一日

立 春

今日立春。

潮水退了,沙滩宽了,大海窄了,水面低了。

傍晚出门,漫步海边。

夕阳快要落山,西边天空笼罩在浅蓝的雾霭中。

太阳在梦幻般的夕霭中微微泛黄。

落潮后,露出广阔的沙滩,镫摺鼻礁石与鸣鹤鼻礁石,黑乎乎地延伸在海面上。有人站立岩石上,高仅一寸。有船帆,宽

---

[1] 旧历二月最初的午日。传说此日是京都伏见稻荷大社(即五谷神社)的神仙降临之日,日本全国各地都要举行祭祀五谷神的活动。

一分，点点浮在视野的尽头。大海溶溶，水如膏脂，欲流还止，只在沙滩边卷起小小涟漪，缓缓融入沙中。日光茫茫，在海面流动。鸣鹤鼻礁石的影子，映在鳄鱼皮一般高高低低的沙滩上，狭窄处影子凹陷，宽敞处影子呈圆形而卧。天空入眠、太阳入眠、大海入眠、山峦入眠、山影入眠、帆影入眠、人亦入眠。

立春的傍晚，天地浑然融成一片。

二月四日

下雪天

早晨起身，往外一瞧，天地间白雪皑皑。

午前，雪花似粉，纷纷霏霏。午后，绵雪片片，飘飘扬扬，一直下到黄昏。

推开格子门，见漫天玉屑纷飞狂舞，后山也笼罩在茫茫雪雾之中，一片朦胧。一阵大风刮来，卷起地面积雪，雪花满天飞舞。午后，雪越下越大，终于连马车也无法通行了。厚厚的积雪压断枝梢，嘎吱折断的声响传来两三声。

天地一片白茫茫，唯有前川河呈灰黑色。十数只海鸥飞来，游弋水面，时而可望见两三只飞起，张开翅膀奔向风雪中，却又被狂风阻挡，徒然飞回水面。

终日雪花纷飞，天地隐埋雪中。人也困于风雪中，就这般迎来夜晚降临。

晚十点，提着灯窥视外边，天空依然银雪纷纷。

二月十六日

雪后晴日

夜来风雪停息，今日晴空如玉。

太阳高高升起，蒸散着积雪。屋檐上的雪最先融化，点点滴滴似雨落下，汇成小河。溅起的水泡浮在水面，犹如圆形的小船，顺流而行。关上纸格子门，雪水滴落的影子掠过纸门，疑是降雨。推门一看，水滴像闪光的珍珠一颗一颗从天空掉下。伏在雪中的夹竹桃，随着积雪消融，压力减轻，渐渐便抖落掉残雪，舒展开了枝叶。

富士山整个一座山像是包裹在一层棉花里，体态丰满。太阳照射下来，山巅的水蒸气开始像雾一样升腾。相豆的群山雪白透亮得令人惊叹，仿佛离我们近了五六里。

初春的雨

午前春阴，午后春雨，温暖悠闲又宁静。

逗子的梅树大多已枯老，八幡的树林中，背着小孩的老婆婆，正捡着松叶松子和枯枝。雨从松树、杉树、榉树的缝隙间漏下，滴落在铺满枯叶的沙地上。

从村里行走至原野，见麦苗一点点绿了起来，路旁的枯叶也萌生出斑斑绿芽。春雨潇潇，神武寺的山峦碧雾蒙蒙。樱山上虽尚可见斑斑残雪，但山峰、树木、屋舍、田地无不浸润在春雨中，滋润而丰泽。河边的枯芦多半已被割掉，只剩下这里一丛，那里一簇。河面明亮了，田野宽广了。远处，一只渔网挂在春雨中。

梅花浸香，山茶溢红。麦苗的绿滋滋润润，山峦的碧袅袅飘烟。这春雨，催熟了春色。

归来行至富士见桥畔，见两只小船浮于水面，船上盖着草帘子。是谁刚刚淘过米吧，乳汁般的淘米水从倾倒的木桶里淌出，点点滴滴融进春潮中。潮水伴春雨，如膏似玉。海面蒙蒙，春帆一点，穿雨而来。

二月二十三日

初春的山

登上后山。

天空雾霭蒙蒙，群山披霞，真真切切的春天来临了。

大海溶溶，水天相连。如练的水面映着富士山的皑皑白雪，远处的渔舟比海鸥还微小。

山村还在寒冬枯景中。然而，霞光已匍匐大地，四处洒满春色。一孤鹰朝山下悠然盘旋。山崖、田畔处处可见青青萌生的款冬，榛树挂出花朵，春兰也已早早开放。枯草残叶间，春，已萌动。

二月二十八日

69

阳春三月

阳历三月，桃花尚未盛开。然春云蔽日，春意浓于酒。

路过逗子的村庄，梅花正白，行将凋零。山茶花开得比叶子还多，早开的花朵已凋谢，花瓣啪啪落地。弹棉絮的弓声、鸡鸣声，悠然回荡在春日村庄的上空。

田里的水转暖，杂草青青，肥沃如油的泥土吮吸、吐露着水分，啪哧啪哧作响，宛如泥土也在抒发着复苏的满足。

麦苗更加葱郁翠绿，油菜花初开，田畔的野玫瑰吐出簇簇新芽。

昨日春雨融化了箱根、足柄山的积雪，富士山从山脚至山腰也脱下了银装。

三月三日

春之海

坐在不动明王殿前，眺望大海。

春日的大海溶溶荡漾。有的海面如巨大的蜗牛爬过后留下的痕迹一般，光滑白亮；有的犹如亿万条鳞类生物在涌动，青波摇荡。靠近岸边的水流透明，泛着白矾色。圆圆的岩石投下紫光，横卧水中。茶褐色的海藻像梳理过的长发缠绕着礁石。海面平静，没有大浪，唯有荡漾的波纹像在熨烫衣服褶皱一般，一浪一浪涌来，打在岩石上碎落。海水涌入岩石凹陷处，便在里面荡起水声，漫入小石子堆里的，则如窃窃私语声。

一只用鱼叉捕鱼的小船，船桨不时落在船舷上，发出咔嗒咔嗒的声响。一男子在捕捉章鱼和海虾，脚蹚在浅水中，扑哧扑哧溅起粼粼水花。

三月十三日

春分时节

今日进入春分时节。

梅花缭乱，青青麦苗已长出茎秆。菜花满开，山茶飘落，满地嫣红。

来到原野，田埂上笔头草、芹菜、荠菜、马兰、野蒜、艾蒿簇簇丛生，令人无处落脚。菜薹上长出了花，款冬也撑开了小青伞。草阴下，含羞的紫堇，娇美无比。蒲公英将她那小小的太阳毫不吝惜地撒落田间，木瓜亦张开红唇。

听田埂间的流水声，溶溶流畅，那其中融入了无限的春意。刚刚半寸长的小蝌蚪，在温暖的水中游动，农夫们也已开始翻田犁地了。

河边枯叶残根中，生出了比茅花大、比竹笋小的芦芽，叶露着暗红。

田野里云雀欢叫。近日，邻家的榉树上每日黄莺啼啭。

三月十八日

参拜伊势神宫

书窗外，传来阵阵丁零零的马铃儿声和欢笑声。出去一瞧，见三四匹马披着红、白、紫各色彩带，乘坐的男子一身旅行装扮，正被男女老少簇拥着，热热闹闹走向车站方向。原来是庆祝参拜伊势神宫[1]的起程仪式。

遂戏作小诗自乐：

一、麦苗长得快，稻种还未撒。

　　桃花开得艳，菜花正芬芳。

二、参拜伊势宫，日子已到来。

　　五十三驿站[2]，古时走十日。

　　今日乘火车，一日便走完。

三、旧式小礼帽，横斜头上戴。

　　红毯垫屁股，马铃声威风。

四、"哎呀，太郎作，这就要出发？"

　　"我当是谁呀，原来是阿松。

　　去去我就回，礼物要什么？"

五、"礼物我不要，只想把哥劝，

　　伊势有松阪，有名烟花巷。

　　切莫迷心窍，快快把家返。"

六、"哈哈哈，呵呵呵，

---

[1] 位于日本三重县伊势市的祭祀皇室祖先的宗庙。

[2] 江户时代，从江户（东京）日本桥至京都三条大桥之间的五十三个驿站。

叮当马铃声，渐消云霞中。"

三月二十五日

海岸落潮

　　一块平坦的磐石，平整得甚至可在上面建房屋。这磐石今日露出了水面，沐浴在阳光下。附着在岩石上的海草在太阳的照耀下飘动，似乎在喃喃自语，那模样煞是有趣。岩石的裂缝处，忘记退去的潮水被阳光照得暖呼呼的，游弋着许多不知名的小鱼。

　　从一座岩石跳到另一座岩石，我来到海岸的尽头。见一深潭，潭水清澈碧绿，褐藻、铜藻、刺松藻等海草随波飘摇。阳光投下一条条金线，在水底织成美丽的彩缎。栖息于岸边的隆头鱼、菖鲉鱼、虾虎鱼、丝背细鳞鲀鱼等游出岩石，钻进海藻里，游来游去。又可见绯红的海松、朱红的海星、紫色的海胆、绿色的海葵、茶色的海兔。这些奇妙的动植物将水点缀得五彩斑斓，水中的春色胜过了大地的春色。

　　嗅着潮香，站在岩石上眺望，采拾羊栖菜、紫菜、海贝、平螺、蝾螺、白姑鱼、玉螺、海胆、贻贝、疣鲟螺的女子，点点身影出现在岩石间，偶有身着艳丽服装的女孩夹杂其间，将海岸点缀得如同鲜花盛开。

　　一位用鱼叉捕章鱼的男子，一手拎着盛有油的竹筒——那是澄清海水用的——一手握住铁矛，从一块岩石跳跃到另一块岩石。捕鱼小船也灵巧地穿行于岩缝间。渔夫把头埋进船底的窥视孔，一边观察着水底，一边轻声与同伴说话。

73

岩石远方的大海，狭长如细带，忽而与深蓝的天空相离，忽而银光闪闪，海天相连。春帆的影子两三点，远远地从伊豆的山峦前掠过。

磐石与陆地之间，一汪潮水自然成池，山影浸在绿波中。有渔家孩子五六人，正将自制的小帆船浮游于池中。微风吹起船帆，小船驶抵对岸时，孩子们便拍手欢呼。风止，船行中流不动时，孩子们便投石驱之。有一聋哑孩子，年纪稍长，看到自己的小船顺利抵达对岸时，便兴奋地拽着其他孩子的衣袖，用手指给他们看，发出嘻嘻的笑声，真令人怜悯。

四月二日

沙滩落潮

去金泽赏牡丹，归途中，到野岛一游。由野岛到夏岛，直径约半里长的沙滩上，到处是拾贝的人流。对于这一带的农妇渔女而言，这沙滩完全就是她们的衣食之田。从老妇人到五六岁的小女孩，人人都戴着头巾，用红绳高高系起袖口，打着赤脚，一副麻利的打扮。她们右手捏着铲刀翻刨着沙子，左手敏捷地捡起挖出的海贝。有的还在尺把长的竹筷子尖上绑上锋利的东西，在沙滩上挖洞，刨出竹蛏贝来。

收获最多的是蛤蜊和蛤仔，文蛤、螺蛳、竹蛏、马珂贝等收获也不错。偶尔也有海蟹、对虾等藏在沙里。蛤蜊[1]如同其

---

[1]　日语写作"盐吹贝"。

名，被刨起来时，会突然吹吐盐水，像是在吐唾沫嘲弄人，面目可憎。竹蛏藏在洞里，如果不是看准后一刀戳下去，便会马上逃匿，不知去向。海虾在退潮时来不及逃走，会藏身沙中，或许自以为这是一个牢固的隐身之处吧。不过，海虾一旦被刨出，便也乖乖就范，令人忍俊不禁地联想起平治之乱时的信西[1]。

极目远望，沙滩宛如一大圆盘，碧蓝的大海好似锦带缠绕四周，葱翠的远山便又似镶在海边的彩条。圆盘上铺着浅紫的沙，随处积留的潮水坑，浅浅的，不足打湿脚跟。小蟹在爬行，稚鱼在游动。处处传来扑哧扑哧的声响，是小蟹在自语，还是沙在与阳光对话？静静观望，圆盘上拾贝的人群星星点点，犹如蚂蚁四散。或低着头，或俯着身，或弓着背，像螃蟹一样刨着沙，紫沙簌簌地被翻了一遍，盖上了黑黑的一层。拾贝的人流中，有的唱着歌，有的默不出声，有的在呼叫远处的同伴，有的在近旁细语。不时有人站起身来伸伸腰，她的头露出圆盘，高出如带的海面，似乎快要顶到白云悠悠的蓝天。

多么悠闲的景致呀！大海又远又长，帆影又细又小，远山碧绿，云彩蔚蓝。数以百计的老妇童女聚集此地，自个儿翻沙拾贝，忙得不亦乐乎。水桶、竹篮、各式工具随处可见。山影卧在沙滩的水洼里，万物悠悠然融进春色中。

潮水渐渐上涨，人们或抬着畚箕，或肩挂竹耙，或身背竹筐，或手拎水桶陆续而归。

---

[1] 信西，即平安时代末期贵族、著名学者藤原通宪，剃度后法名信西。平治之乱（1159）时，信西事前觉察到了危机，逃到伊贺山中，然而，仍被追兵所迫，切腹自杀。

"还在刨吗？""小心呀，潮水涌上来了。"人们相互寒暄着，提醒小孩子们注意安全。

有晚来的人却迟迟不肯离开，仍在全神贯注地劳动。

潮水从四方涌进，包围住沙盘。如带状的海水也从四面漫上来，渐渐浸没了在沙滩中央拾贝人的双脚，进而又将人们逐个赶上陆地。沙滩浸在潮水中，人离去。潮进水涌，浅紫的沙盘看着看着变小，一个小时后便踪影全无。

海水荡着雪白的浪花，漫至我的脚下，帆影悠悠，浮于海面。

四月某日

花月夜

推开房门，见十六的月亮挂在樱树枝梢上。天空淡淡碧霞，白云团团。月亮周边的云彩银光迸射，远处的云朵则轻柔如棉。

春夜的星辰微微点缀着夜空。淡淡的月色映在花上。浓密的枝叶锁住月色，一片暗黑。稀疏一枝独自伸向月光，蒙蒙泛白，别有一番风情。淡淡的影子，淡淡的光，庭院落花点点。信步走去，宛若漫步于天空中。

望海滨方向，沙洲一片白茫茫，不知何处，有人在哼唱着民间小调。

又

雨声哗哗，片刻即止。

春云蔽月，夜色泛白。樱花淡若无影，蛙鸣声中，大地愈加静寂。

四月十五日

新　树

夜来的一场甘雨已停下来。晨九时许，漫天的云团消散得又薄、又细，如棉、似纱，继而化为轻烟，直至轻烟也全然消失，天空犹如碧玉。

阳光如雨般倾洒而来，纸格子门上映出嫩叶的影子。

从那浓密婆娑的影子中，便可知嫩叶茂盛的样子。

静静观之，满院新树沐浴着光芒，枝叶泛金浮绿，仿佛满天的阳光全都聚集在了这院中一般。看那枝枝叶叶水灵灵地映在碧空中，满地洒满婀娜的紫影。

樱花已谢，满树新叶，偶有一两点残花若隐若现于枝叶间，不时飘落下来，犹如彩蝶飞舞。树下，片片落花、点点红萼，连同影子都粘贴在地面。一只白鸡，满身映着斑斓的树影，正啄食着落花。

看那枝梢与枝梢间，挂着的蜘蛛网，正闪出蓝、黄、红的光。无数的飞虫，如雪花纷飞般围绕枝叶四周，蜜蜂嗡嗡，在阳光下飞舞。大自然在这风和日丽中，一派悠然满足的模样。

唯独蝴蝶忙乎着追逐即将逝去的春天，那样执着地迷恋鲜花却不知是一场梦的身影，令人怜惜。

风徐徐吹来，碧空中新树微微颔首摇曳，满地树影静静颤动，新树与新树间晾晒的衣物，影子在地面翩翩起舞。

邻家靠近落叶树，距新树稍远，隔墙传来咿呀机织声。

又

日落，红黄的云朵高高挂在新树梢。

黄昏的风轻轻吹拂，夜空中新树摇曳。麦田静静卷起波浪，苍苍暮色，黄昏降临。

回头望去，后山的松树上，十四夜的月，大如盆。月色尚未明亮，漫步田间，豆子的叶，豆子的花，香气沾衣。

天色、空气、微风、月色，一切都如水一般淡，如水一般清，如水一般流动。

四月二十日

暮春的原野

青叶茂密，村村掩映在碧绿中。芦苇粗壮了，河面狭窄了。

伫立河川上游，遥望村庄方向，落日已渐渐沉没。

夕阳挂在小坪山峰，山色青幽。村里苍郁的树梢泛着紫光。晚潮渐渐上涨，河水倒流。一江白沫，如雪花漂浮，掠过水中青芦的倒影，向上游漂去。河对岸张着渔网，渔夫虽躲在青芦中，不见身影，但每每提起渔网时，便可见映着夕阳的网上紫光闪闪，如玉的水珠"嗒嗒"滴入河中。

过了片刻，太阳便晃动着红球，没入山中。残照把树林的上空抹得一片通红，河水也荡漾着红波。潮水渐渐涨满河川，流水残照漂浮，载着芦影，卷走白沫，浸过青郁的树影，漫漫一片，欲将小板桥淹没。鱼儿不时在树影中跳跃，青蓝的河水涌出一道道白色的波纹。

晚风轻拂，残照的影子渐渐消失，水面水中的芦苇融为一体，在沙沙的摇曳声中，夜幕降临。

不知从何处寺院中响起了晚钟，悠长的钟声回荡在原野上。

大地笼罩在黑暗中，家家户户的格子门上映出了红红的灯火。

五月十日

苍茫的黄昏

最为宁静的莫过于收割完麦子后的乡村黄昏了。

游神武寺时，黄昏中独自经田间小路而归。夕阳在苍茫的暮云包围中西沉，从云隙里漏出的那一抹朱红残照也消失了。四周的田野、村庄、山边都在焚烧着麦秆，青烟袅袅升起，山野、村庄笼罩在茫茫烟雾中。

静静伫立眺望，映出暮云、苍山、倒影的黑黝黝的水田中，白影涌动，转眼间便蔓延到四周的田野中。原来是麦秆燃烧的白烟在游动。白烟下，蛙声鸣唱。

夕阳落山了，四处烟雾弥漫。万物融成一体，恍恍然入无我之境。人无语，物无声，灯无影，唯大地一片苍苍茫茫，茫茫苍苍。

多么静谧的黄昏呀！

独自站立黄昏中，侧耳倾听，只闻呱呱、呱呱蛙鸣声。

这便是真真切切的"黄昏"之声。

六月七日

晚山的百合

傍晚，登上后山。晚风吹拂青茅，百合花溢满清香，月色懒洋洋落在山丘上。夕阳已沉入大山右侧，残照犹存。金褐色的云朵犹如彩旗翻卷，由西至北横卧天空。富士山穿破淡蓝的暮云，微微露出山峰。大海紫波荡漾，一帆徐徐穿行而过。

眺望远方村庄，此前，镶嵌在村庄间的金色麦田不知何时已收割殆尽，田间灰黑一片。水田一半已插上秧苗，绿油油的秧田与尚未插秧、灌满水的白盈盈的水田参差交错，一条小河窄如飘带，银光闪烁，穿流其间。

麦子已收割完毕。绿树环抱的村庄一片暮色，四处冒着焚烧麦秆的青烟，有噼啪噼啪的响声传来，那是茎秆在燃烧。青烟下红火闪烁，一阵风吹来，火势便更加猛烈。片刻，青烟便弥漫整个村庄，继而向山头进发。黄昏便在这袅袅青烟中降临，蛙声也随风传入耳畔。

踏着夜色，下山。小径两旁茅草青黑一色，百合花点点开在其中，如夜空星辰，微微泛着白光。夕风轻拂，晚山清香盈袖。

山头上，月光倾洒而下。

六月十三日

梅雨时节

雨，下下停停，停停下下。鸦声蛙声争报雨晴。

趁着雨停的间隙，走出门外。踏着沾满麦草的泥泞小径，路过村头。有人在绿荫环绕的屋前采撷梅子，旱地里女人们正栽种着甘薯。

水田大多已插上了秧，秧苗嫩嫩黄黄。田里苗疏水多，蛙声四起。从这块水田流向另一水田的水，咕隆咕隆响声浑厚，真不愧是梅雨时节的水流声！

河水如膏脂，碧潮满满，一捆金黄的麦秆漂在水面，一沉一浮，顺流而去。岸边芦苇有的已抽穗。小孩们折断芦苇铺坐于地，正钓着鳗鱼、虾虎鱼。

空气凝重而沉闷，村里冒起的炊烟，也因水汽过重无法散开，形成雾霭匍匐于地。山峦碧青碧蓝，假如有水珠滴下，那色彩便仿佛就要被融化一般。

山上传来鸥鸰的叫声。

雨，又淅淅沥沥下了起来。

六月十八日

夏

梅雨晴了，夏天终于来临。

推开格子门，垂帘而坐。帘外山峦青翠，身着白色衣衫的人流来来往往。

富士山也换上了夏装，碧衣清爽，仅两三条银雪带冠于头顶。相模湾犹如铺上蓝毯，习习凉风阵阵吹拂而来。

又

今日在后山第一次听见了茅蜩的鸣声，悦耳的声音，响如银铃。

白日依青山而尽，清凉伴夜幕而来。出门漫步，可见川上垂钓者，笑语不断，笛声悠扬，孩子们则燃放着焰火。

夏天来临了!

七月十日

清凉的黄昏

日落时，独坐石堤上，双脚悬于堤边垂钓。眼前河水夕晖荡漾，身后青芦簌簌作响。

潮水渐涨，逆流而上。河水清澄见底，似若无物。水底斑斓胜过大地，小鳗鱼在水藻间翻来滚去，新生的幼黑鲷在如玉的水中成群嬉戏，身影隐隐映在水底。从石垣缝隙间游出的刺虾虎鱼，看到螃蟹伸出钳子来袭，慌忙转身逃窜。小虾抱住木桩往上爬行。寄生在石缝里的蟹如跳水一般，咕咚咕咚坠入水底。

眺望下游方向，下游的水却像上游一般，穿过碧蓝的山峦倒影，与凉风一道向这边涌来。潮满时，真如"夕阳明灭乱流中"，残照的影子似乎眼看便要被潮水冲走。小鱼群搅动河水，泛起波纹，水流便又将那波纹抚平。河底长长的水草经流水梳理，似乎欲跃出水面，小幼鱼们失去栖息之所，只得随波逐流。

河水快要涨至我的脚尖时，夕照全然消失。潮满水滞，鲻鱼跃入水中，发出投石般的声响。

七月二十日

立 秋

今日，立秋。

芙蓉花开，知了鸣啭。阳光依旧灿然炽热，秋思却已弥漫天地。

八月八日

盂兰盆节迎魂火[1]

今天是八月十三。这一带比阴历晚一个月举行祭祀活动，所以今天应该是盂兰盆节的第一天。

太阳落山了，晚风伴随潮汐吹来，河口停泊的一艘日式小船的桅杆上，初八的弦月光洁如银，似缺璧高挂天空。

我投宿客栈里的老妇，抱着一束麦秆去到河边，麦秆里夹杂着杉树叶。老妇用火柴点上火，麦秆便熊熊燃烧了起来。老妇又端起盛有水的钵子，将水浇在地上，把切成小块的茄子[2]投入火中，然后合掌祈祷。

"老头子，小孙子，请朝着这火光出来吧，快请回家吧。"

一个两年前失去父母的五岁孩童也合起小手掌，朝火堆膜拜。

河边四处燃烧着迎魂火。走近一堆火前，见一位年过八旬的老妇人手里捏着线香，目不转睛地望着燃烧的火苗。这位老妇人去年刚刚失去老伴。

四周的堆火渐渐弱了下来，不久便燃成了灰烬。潮汐拍打着石堤，发出阵阵水浪声。月亮虽无语，想必一定在上天眺望着这世界吧。

冥界的逝者不知乎？

---

[1] 盂兰盆节时为迎接祖先亡灵而点起的火。通常于7月13日，盂兰盆节的第一天傍晚在门前燃烧麻秆，点起迎魂火。7月16日又点燃送魂火，送走祖先亡灵。

[2] 盂兰盆节期间，为迎接逝者灵魂，家人会为逝者准备"交通工具"，如用黄瓜做成的马，用茄子作成的牛等，以便逝者来往方便。各地风俗略有差异。

可听见晚风轻轻送来"否"的回答？

江上泛舟

泛舟江上，沿御最期川溯流而行。

日落，残照映水。山间寒蝉鸣声犹存。

小舟追逐暮色，溯流而上。漫漫潮汐将青芦淹没一半。舟行所至，山峦碧影卧水，时有鲻鱼跃出水面，泛起白波。

暮色中，河水银白，两岸黝黑。铃虫、松虫、蟋蟀隔岸齐鸣。蒙蒙山谷间，鸥鹲啼鸣，空中苍鸱声起。

八月二十日

夏去秋来

苦菜花开，柿子泛黄，甘薯变甜。白昼寒蝉高歌，夜晚松虫、铃虫吟唱，共话秋日来临。粟米、稻子、芦穗随风飘拂，沙沙作响。

细雨淅沥，时下时止，这便是送走夏日的惜别声吧。

八月二十八日

秋　分

今日秋分。早起出门，见白露满地。稻穗、粟穗、芒草花、芦花浸润在露水中。虫鸣如流水，声声不断。

又

秋分期间，人流如织。那是参拜藤泽、镰仓寺庙归来的附近男女老少的人流。河岸上，钓虾虎鱼的垂钓者，比肩而坐。

午后阳光悠悠，碧潮涨满河川。过往行人，川流不息。阳光布满晴空，伯劳啼鸣不绝于耳。风和日丽，秋意满心。

又

日落。无花果下，树叶黯淡。芙蓉花伴随黄昏而凋零，空中掠过大雁声。

湮没在雨中的十五夜的月，今宵又高挂天空。院中细沙，犹如霜白。地面树影黝黑，婆娑摇曳。

院中白胡枝子映月，白如银雪。

九月二十三日

钓竹荚鱼

（上）

"叔叔，钓鱼去吧。"

恰逢是星期天，我正在吃午饭，邻里的小姑娘掀开门帘进来约我。小姑娘的爸爸是东京人，长期住在逗子，他有一只小船，常常出海钓鱼。

我应付了她两句，马上扔下筷子，挟起渔竿、渔篓和坐垫，来到河边。小船已经备好了，船主——姑且称他甲某吧——正在慢慢解开缆绳。另一位老头身穿单衣，外面套着一件旧的警服，他是一家茶馆的老板，也是个地道的钓鱼迷，姑且称之为乙某吧。

小船驶出河口，斜穿湾内二里多，便到竹荚渔场。此处水深仅三四丈，但水底尽是岩石，水藻茂盛，是竹荚鱼的聚集之地。这样的好地方，在这一带并不多见，若不到此地，即便钓上一天或许也钓不到想钓的鱼。

甲某一边握着橹柄，一边不停地往山上望，思考片刻后，便决定在此地抛锚。原来渔夫们常常把山谷、树木、房舍等当作确定渔场方位的标记。若问渔夫们在哪儿可以钓到竹荚鱼，他们便会指着山上的松树说："瞧，那山上不是有棵大松树吗？去那棵松树的左边，或者右边钓吧。"

听说钓竹荚鱼的最好季节是九月、十月和十一月。现在常能钓到的是今年产下的、长四五寸的小竹荚鱼。当然，偶尔也能钓到一尺多长，长到两三岁的圆竹荚鱼和雌竹荚鱼。

竹荚鱼身子柔软，尤其是嘴部又薄又嫩，拉线时若用力过猛或绕线，鱼鳃撕裂，鱼便会脱钩而逃。

钓竹荚鱼，渔钩用类似钓沙钻鱼的钩最好，鱼饵多用小沙丁鱼，将竹荚鱼切成碎块也可作钓饵。时间一般选在一早一晚，水越是混浊越好。当然，不论钓什么鱼都如此吧。

三人分别占据小船的三个位置，下了渔钩。或许是时间尚早或水太清的缘故吧，只钓到两三条隆头鱼之类的近海鱼，连竹荚鱼的影子也未见到。

甲某用深水镜窥视海底，突然叫道："黑鲷来啦，黑鲷来啦！"

他慌忙将黑背沙丁鱼切碎，与煮熟的红薯揉在一起搓成鱼饵，装在渔钩上放入水中。但鱼还是没上钩。黑鲷本性贪馋，无论用小虾、沙蚕、小蟹、牛肉、红薯做诱饵，还是像京都大阪一带那样用鲱鱼、大豆酱和面粉调制成的鱼饵，它都爱吃并因此上钩。然而，今日水太清澈，尤其是穿透碧玉般流水的阳光太过明亮，令黑鲷的眼睛看得异常清楚。

用深水镜俯视，可见五六条脊背黝黑的鱼正贪婪地围着钓饵游来游去，却始终不肯上钩。这时，坐在船尾的甲某打起了呵欠，他把系着铃铛的铁丝插在船舷边，再拴上钓线，这样一来，鱼一旦上钩，铃铛便会作响。接着，甲某便抽起烟来。乙某也开始打起呵欠，掏出了旧皮烟袋。我伸了伸懒腰，恍恍惚惚闭了会儿眼睛，又睁开来，茫然眺望着海面。

时间大概已过三点，太阳向西移行，海面上如银白光柱般直射的阳光开始西斜。多好的时刻呀！北风从陆地吹来，凉飕飕地掠过海面。细浪轻轻敲打着船底。鱼鳞般的云朵，由天心向东南飘浮，宛如银波翻卷碧空。云影浮在海面，微微荡漾。富士山、江之岛、足柄山、箱根山、真鹤岬以及伊豆的天城山，都清晰地耸立于夕阳的余晖中。

向左望去，近处是叶山，远处是三崎山，三浦半岛短短地纵向延伸。天城和三崎中间，伊豆大岛依稀可见。海面上五六片白帆漂浮，大岛方向，有一处像是用笔尖点出的句号一般的小圆点，大概是钓鲣鱼的小船吧。名岛那边，用铁叉捕章鱼的小船，那晃动的船桨不时像银针闪烁，划破天空。离此百米处，有一小船正伸出长竿在钓针鱼。渔竿一扬，针鱼便闪着银光跳进舱里。不知从何处漂来一片竹叶，叶片上似乎有两只黑蚁，细细一看，原来是只小船，那像黑蚁一样的则是两个船夫，正使劲地摇着橹。两个黑影随着摇橹的节奏，或交叉成X形，或分离成H形。随着这一合一离，人影也越变越大。

秋来了，秋来了，真正的秋天到来了！连身后的逗子群山，仿佛也秋意涌动，蒙上了苍苍秋色。不动明王山方向频频传来伯劳啼鸣，时而还可听见从叶山驶往逗子车站的马车的喇叭声。或许是见我们没带猎枪吧，在离船不到十米处，一只海鸥不时掠过海面，叼走水中的鱼饵。"人类真是不中用啊！"它似乎在嘲笑着我们，昂首挺胸，在水波上悠然翱翔。

（下）

不知不觉间，一叶扁舟驶了过来，在离我们六七十米处抛下锚，开始钓起鱼来。另有一艘钓针鱼的船，也划到了那小船旁。于是，我们也起锚朝他们靠近。

"怎么样？老大爷，这里竹荚鱼多吗？"

"不多呀，好不容易才骗到两三条上钩。"小船上的渔夫答道。

已经钓到两三条？看来咱们也能钓到。我们赶紧将渔线放入水中，等待鱼儿上钩。正在此时，三四十米开外处，突然有什么东西矫健地腾出水面。

"是梭鱼吧？"甲某问道。

"哪里呀，是对虾，鲈鱼在追赶它们呢。"这话音刚落，刚才的小船早已拔起锚，快速地摇过来，敏捷地抛出渔竿，想"骗"几条鲈鱼上钩。可是未能如愿，便又将小船划回原地，继续钓起竹荚鱼来。

俗话说，秋天的太阳如水桶落井一样沉得快。当夕阳接近箱根的驹之岳山顶时，富士山峰已被染成一片紫色。风已止，落日的余晖悠悠荡漾，流水泛起金波。伯劳停止了啼鸣，岸上开始传来乌鸦的"哑哑"声。多么宁静的秋日黄昏！天高海阔，风平浪静，唯有夕阳的光芒洒满天地。

突然，咣啷一声，甲某渔线上系着的铃铛响了一下，紧接着又咣啷、咣啷地响了三四次。终于来啦！拉起渔线一看，在渔线的末端，果然有个蓝背、白腹、大眼、圆口的五寸长的家伙，活蹦乱跳地被拉了起来。正在此时，自己手指间的渔线也抖动了一下。上钩了！用手一拉，沉甸甸的，看来是个大家伙。提起一看，果然是条大大的圆竹荚鱼，足足有一尺多长。

到底钓起来了！只见三只小船平行排列，下饵，投钩，起竿。人人全神贯注、目不转睛、屏息凝神，在暮色渐浓的水上忙碌，时而投钩，时而扬竿。旁边船上扑通一声扬起铅锤落水声，自家船上渔线擦着船舷咯咯的作响声，还有那钓上来的鱼儿在甲板上乱蹦乱跳，继而又被哗啦啦扔进鱼槽之声不断轮番响起。

"哎呀，是个大家伙，快，快，拿捞网来！"甲某慌忙叫喊道。

捞起来一看，原来是条大鲲鱼。

"蠢蛋，你到底还是上钩了！"

乙某站在船中间自言自语。扭头一看，他钓起了一条黑鲷。黑鲷先生，刚才你还围着鱼饵转来转去不敢吃，现在天黑了，你也终于眼昏了吧。

一阵骚乱后，恢复了平静。大家又钓了一会儿，大概是叶山的寺院开始撞钟了吧。"嘭——"，晚钟悠长的声音回荡在海面上。

"怎么样，就到此吧？"甲某望望天空说道。

"是啊。"听到一声意犹未尽的叹息。抬头仰望，不知不觉间太阳已西沉，富士山、相豆群山，在日落后淡黄的天空中露出蔚蓝波浪般的山峦，轮廓仍清晰了然。然而，附近的叶山和逗子诸峰则已笼罩在苍茫暮色中了。用潮水洗手，那潮水犹如温泉水，但海上的空气已渐渐变冷，乙某把旧外套的领子都竖了起来。大岛已消失了踪影。或许是钓鲣鱼的那条小船在返航吧，虽然看不见船影，但远远地传来了"嗨哟，嗨哟"摇橹的吆喝声。

其余两只小船也已起锚，一只向小坪驶去，另一只返回新宿。我们也收拾好渔具，在富士山的目送下，冲开泛紫的流水，徐徐划行而归。暮色昏暗，海面却依然明朗。前方的海滩、松林、人家、炊烟和山色已一片苍茫，朦胧融为一体。嘎吱的橹声中不时传来两三声响亮的雁鸣声。

快到河口时，小船行于山影之上。受惊的鲻鱼蹦出水面，在黝黑的水面划出一轮白圈儿。已可见星星点点的灯火了，远处传来犬吠声。小船驶入退潮后的浅滩，见岸上立着两个白衣人影。

"是爸爸吗？"岸上传来稚嫩的喊声。原来是中午约我钓鱼的那个小姑娘，旁边站着的好像是她的母亲。

"快把灯笼拿过来。"甲某一边喊一边系好船。在灯笼的亮光下，他用捞网把鱼槽里的鱼捞起来，分装进三只渔篓中。出钓的时间虽然短暂，但也钓到七八十条吧，鱼儿个个活蹦乱跳。

"再见，今天累坏了吧？"

拿起渔竿、坐垫，拎着沉甸甸的渔篓，回头望去，黑黝黝的鸣鹤岬右方，今日钓鱼的海面还依稀泛着一条银光，富士山也隐约可见，峰顶上一颗明星高挂，在淡紫的天空中闪烁。

十月三日

与大海作战

（一）

不知是幸运还是不幸，我至今未曾拿起枪抵御过敌军的来袭。这一回，第一次与大海进行了战斗。

要创作打仗的故事，首先得从战场的地形开始交代。相模湾海面朝正南方开放，吞吐着太平洋的水。逗子湾位于相模湾东北角，面朝西南方向，吞吐着相模湾之水。田越川亦面朝西南，吞吐着逗子湾之水。河口地带两岸，约有二十几户人家，我自己则客居于东岸。门前沿河岸有大路通往三崎。路边的一处高地上，右有堂屋，左面则是一片小竹林，中间是前院，院里有藤架。再往后退上十余米，又有一片高地，那便是我的寓所了。顺便说一句，据说这片小竹林绝不能砍掉，这是房东家从祖父那辈起便立下的规矩。

从五日降雨以来，田越川的河水迅速上涨。到六日傍晚，船只已一艘不见，有的被拖上了陆地，有的则远远地逃往上游。七日清晨涨潮时刻，河水时不时便漫上了三崎大道。在皇太子殿下行幸沼津之前，负责土木的官员指挥着民工，不停地在这一带打了木桩，填了沙石，铺了木板。

到了正午，雨稍稍停下，闷热难当，一股怪怪的令人胸闷的空气笼罩了我家。推开拉门，一股像桑拿澡堂喷出的蒸汽一般的水雾扑面而来。座位旁边书柜的玻璃上不一会儿便泛出了水雾。出门一看，天空、大海、河流混浊一片，似乎马上就要发生什么事一样。邻居们不停地仰望天空，观察天色。有的人家还慌忙关上了门窗。我也急忙奔向老龙庵，这里是家父的隐居之地，在五六十米外的上游处，地势较高，倒用不着担心浸水。我关上门，锁好插销，以防强风袭来。

刚一回到寓所，风就刮起来了，是南风。接着，雨也下起来了。大雨顺着挡雨窗的一道缝隙，像子弹一般打到窗子上。我拿出书来阅读，风声、浪声、雨声包围了整个屋子，感觉自己仿佛坐在一叶孤舟之上。

约莫两点左右，三四个孩子满身泥泞地从堂屋那边逃了过来，前院传来房东的叫骂声，我急忙推门一看，不由大吃一惊，海水已漫至门前脱鞋的台阶下了。房东和他的女儿站在满院的水中，急红了眼，正在拼命地放倒防洪木。

"我来帮你们！"

我一声高叫，将衣服紧缠在腰间，跳下了水。海水"飒"的一下退了一截，多么惊人的力量！

大水将压在道路石垣上三尺来长的石板，像玩球一样咕噜咕噜地冲走。

"抓紧时机！"

狂风暴雨中，我想起了雨果《渡海遇难》中的主人公格里亚特在孤岛上冒着暴风骤雨修防洪用具的情节。我便也开始造起防洪设施来。如同修建面对枪林弹雨的防弹墙一般，左面的竹林成了坚固的堡垒。令人担忧的是竹林与堂屋之间的那段空地。我把所有的圆杉木搬来捆在一起，紧紧绑在藤架的大柱上，又与房东推来一块二百多斤重的巨石将杉木压住。但还嫌不够牢靠。这时，我突然看见那块被大水冲到路边的石板，便飞奔了过去。

"洪水来啦，洪水来啦，先生！"

身后传来房东惊慌的喊叫声。我终于将那块大石板推了过来，做好了防洪堤。还未来得及后退，一道巨浪紧随而来，推着河水倒灌而上，一跃涌过大路，又势不可挡地向刚刚筑起的防洪堤猛扑过来。洪水漫进了整个院落。然而，灾难尚未结束，另一道巨浪斜着冲过防洪堤，向堂房的挡雨窗猛冲了过去。一扇窗板被冲倒，滔滔洪水趁势涌入。房东太太一边打着赤脚拼命将家具往里屋挪，一边连声高喊："哎呀，怎么办呀！东西全泡在水里啦！"

（二）

　　真是祸不单行，雨又连续下了三天。河水漫漫，涌到岸边。加上涨潮，更刮起暴风。风驱使着大海，大海又挟持着风将一摊海水逼进湾内，一湾之水逼进河内，一河之水逼向河口附近二三十户人家，实在难以抵挡。

　　就在这危急时刻，住在山脚下的五六位年轻人赶了过来，他们强壮的手脚在水中搜索，找来十四五块石塔般大的石头压在圆木上，然后又在石头上压上大圆木，用大粗绳紧紧地交叉捆绑。堂房的挡雨窗，里外都用圆木支撑，像篱笆一样紧紧绑住。其余地方则结结实实支上梯子。正面的防洪堡垒虽然简陋，但总算大功告成，只待一决胜负了。

　　来不及拧干被潮水打湿的衣服，便索性把它挂在藤架的大柱上，权当抗洪大本营的帅旗。登上堡垒一看，进犯的敌兵好不威风！

　　灰色的天空低低压在海面上，升腾的水汽如烟、如云、如雾，蓬蓬的一团团不断向北涌去。平常总能在大海的尽头看到的富士山、相豆群山已不知去向，无影无踪。大雨滂沱，遥远的海面锁在烟雾中，茫茫一片，分不清哪里是天空，哪里是大海。唯隐约可见　里之外，凶猛的浊浪腾空翻卷，泛出银光。海浪冲击在鸣鹤岬的石垣上，水花猛烈迸溅，腾起十多米高的水雾。

　　至于离此处不远的河口一带的形势，则更是波澜壮阔。以往即便是阴历八月一日大潮之际，也都高居水面的沙洲，如今也淹没在深水中，连一根草木也看不见。河口的咽喉一带比平时宽出一倍，由于连降三天的暴雨，河水猛涨，原想排出去的水在河口处与潮水相撞，受到阻挡。而依着风势骎骎袭来的潮水也被暴涨的河水阻拦，被挤压在河口的石垣之间。于是，河水潮水相互冲撞、推搡、纠缠、翻腾、咆哮，各自都怀着满腔怒火。

趁此机会，狂飙又一阵接一阵嗖嗖刮来，大海像被巨灵之手一把抓住似的，倒立翻卷。横亘半里宽的黑色巨浪，抖动着白色鬣毛，喷射着白沫，一字长蛇阵，直奔陆地而来。巨浪北被小坪岬的岩壁击碎，南被鸣鹤岬的石垣撞开，正面则被新宿的海滨温柔地挽留住了。受挫的海浪，在田越川的河口发现了唯一可以入侵的薄弱点，便乘虚滔滔而入。河口的流水大惊失色，立即动员起来，派出先头部队。于是，两军便在狭隘的河口展开了一场争夺战。一时间，两军你推我撞，轰声震天。

两军对垒，河口两岸首当其冲，石垣、筑坝、板墙纷纷崩塌，而当海潮嗖地倒退时，刹那间又将冲垮的东西席卷而去。我的寓所斜对着河口，左面有竹林抵挡着，尤其是那座简陋的防洪堡垒居然起了大作用，或多或少地煞住了袭来的海浪的威风。不过，我房前脱鞋处的石阶下始终浸满着水，堂屋门内泥土地面上的水也快要淹过小腿了。

大凡战场恐怕都如此吧，险境中，人们都会产生出一种英勇豪迈、决一雌雄的气概。房东的女儿，还有那些一半是来助战，一半是来看热闹的邻家女孩们，都站在防洪堡垒上，全然不顾狂风暴雨袭击和潮雾浸衣。她们眺望海面，关注着海上的动静。当看到高山般的波浪涌向河口时，她们依然站立不动，嘴里高喊："来啦！""巨浪来啦！"当海浪涌至脚下时，她们便灵巧地闪身躲过，嘴里又连连高喊："赶走它，赶走它！"当大浪袭来时，一边高喊，一边赶水是渔村的风俗。

房东张开双手，呀呀地高喊着驱赶汹涌而来的海浪。前来助战的男女，以及从挡雨窗的隙缝中窥视着动静的孩子们，也都扬起双手，呀呀地高喊。

越过防洪堡垒、用心险恶的海浪在村民们的怒斥下，留下一片水沫后，便败下阵去。人们从高处奔下来，追逐着退去的海浪，从堡垒上目送着海浪远去，仿佛在跟大海玩捉迷藏的游戏。

在河的上游，左右两岸也不断传来呀呀的高喊声。海浪被追逐着，像一头狂怒的狮子，排成一字形冲过两岸的石墙、板墙、人墙，震撼着富士见桥。最后，不费吹灰之力地越过两百米外上游某氏宅邸的石墙，其余波浪则朝更远的上游涌去。

正以为雨稍停，风稍止时，不料大风却转向西南方向狂吹起来。被折断的枝叶，呼呼吼叫着狂飞乱舞。波涛汹涌翻卷，浪尖被狂风席卷而去，飞溅出一片片白烟。海空相连，风潮相接，浩大无边，听不到半点其他声响。大大小小的海浪一浪接一浪地涌来，大路上的海水漫过成人的大腿，庭院中的积水也没过胫部。

就在这危急时刻，挑着邮件赶来的脚夫们，也毫不犹豫地跳进了洪水中。此时，富士见桥桥头的土堤已被冲垮，通往向洲的交通完全断绝，抗洪战斗进入了最高潮。

我抱着大树，勉勉强强站稳脚跟，朝河口方向望去，如高山般的大浪一浪又一浪席卷而来，仿佛是箱根的群山朝着河口涌来。我寓所的南边被竹林遮挡，望不到远处。但见位于对面洲头的某氏别墅，那儿正面的土墙早已被冲垮，房屋明显向前倾斜，只剩下一道横墙和两三棵松树。如山的巨浪接二连三地压了过来，松树摇晃不已。突然，一个更大的巨浪猛扑过来，从树梢一跃而过，犹如瀑布落地。瞬间，松树便不见了踪影，只剩下向前倾斜的房屋，在等待着下一个巨浪的吞噬。

与此别墅相连的养神亭南角的石垣也在每一次海浪袭来时，像孩子搭建的积木般骨碌骨碌崩塌。压在上面的石板也完全经不起海浪袭击，坍塌掉了。站在前厅观望海涛的一位客人，慌忙拎起行李，向后面逃去。此情此景，不由得令人联想到战国时代鹫津和丸根[1]两城被攻陷时的情景。

由于遭受到人类严重的蚕食，而今大海也愤怒了，瞬间便将人类费巨资、费劳力建成的东西一举破坏掉。不知从哪家掠来的青松、门板、坛子、木桶、木板、木块全都在浊浪中沉浮、挣扎。大海把从敌人手中掳掠来的这一切当作攻城的武器，对着石垣板墙毫不留情地一阵猛撞。手里挥舞着长木钩，将涌来的东西或推开、或打捞的村民们，见海浪来势汹汹，也不得不逃之夭夭了。大海肆无忌惮，竭尽报复之能事。

正面涌来的海浪刚要退去，忽然，身后又传来喊叫声：

"哎呀，后面也进水啦！"

只见储藏室与堂屋之间，卷起白沫的海水滔滔涌来，穿过邻居的回廊，又绕着竹林旋转一圈，逆流袭来。正所谓腹背受敌。看看表，才三点半，离六点半涨潮还有整整三个小时。

---

[1] 鹫津、丸根是战国武将织田信长的两座要塞。1560年5月，在著名的桶狭间战役中被骏河太守今川义元攻陷。

说来也愚蠢可笑，此时，我的心境竟犹如滑铁卢战役时立马树下，一边遥望着潮水般涌来的法国精锐部队，一边看着表自言自语道"但愿布鲁歇尔军队和夜晚尽早降临"的那位英国名将[1]一般。

（三）

雨猝然停止，风也渐息。伊豆的上空微微发亮，黄黄的天空中隐约露出了山影。

"哎呀，看到对面的山啦！"

男女老幼　齐高呼起来。听到这欢呼声，我的心情如同惠灵顿将军听到普鲁士军队从侧面杀向法军，打响第一炮那样高兴。

战斗已过高潮，方才的狂吹乱打已经耗尽了敌人的元气。然而，敌军的旗帜仍在飘扬，风还在吹，但已奄奄一息。浪头也仍旧高高卷起，偶尔甚至高过最强时的劲头，但明显感到已是强弩之末了。趁此机会，我从后院竹篱的破洞钻出去，奔到老龙庵一看。果然不出我的意料，虽然松树枝丫被折断，花草匍匐在地，道路的大部分也被冲断，但老龙庵却一石未坍，依然屹立在原处。

四时过后，风力减弱，云层像拉开幕布一般向北翻卷而去。南边露出了青空。富士山顶虽仍戴着棉帽，但其身姿已清

[1] 指英普联军元帅惠灵顿公爵。1815年6月，在普鲁士将军布鲁歇尔军队的援助下，于滑铁卢击败拿破仑。

晰可见，相豆群山也轮廓分明。后山旋即传来蝉鸣声，房东安心地说道："已胜利在望了！"他的脚踩在仍旧汹涌袭来的海浪里，继而又坐在圆木上，抽起烟来。旁边一位前来助战的男子一面嚼着饭团，一面与房东女儿闲聊。

激战一停，顿觉腹中空空，赶紧换掉水淋淋的衣服，又扒了碗泡饭。原以为南邻和北邻的位置与防护措施都很好，一定不会出大问题，可是，过去一看，那情景令人惨不忍睹。某氏的别墅，石垣、板墙都被冲垮，松树被连根拔起，树头倒插进了廊檐。附近车脚行的厕所像比萨斜塔般倾斜着，水井已塌陷，洪水打穿了地板，随心所欲地涌来荡去。某氏南面相邻的另一家，南屋的房顶全被狂风刮走，厨房也遭受海浪的冲击，整个房屋摇摇欲坠。房前道路上的电杆倒在地面，电线随着水浪东荡西晃。风虽已停歇，而大海依旧在发飙，此刻正是涨潮之时，潮流汹涌，势不可挡。每当海潮袭来，房屋的四周便成为一片汪洋。我的旁边站着身穿紫色夹衫的某氏年幼的女儿，她被洪水赶出了别墅，正抓住男仆的肩膀，远远地望着那凄惨的场景。

伫立观望间，暮色渐渐降临。然而，一瞬间，天色突然又像回到白昼似的明亮起来，彩霞满天。所谓"战余落日黄"，指的便是此种景象吧。晚霞中，天地一片金黄，唯有大海仍紫波翻卷，浪涛汹涌。夕阳的余晖中，劫后的破屋黑沉沉地突兀在眼前，踩着退潮后残留的浊泥，此刻的我不由得感到一阵阴森森的寒气。

入夜后，风渐止。"狂风终有尽，唯闻海潮声。"余怒未消的大海仍在星空下独自咆哮着。

战斗结束了，大海终于败退。然而，家家户户并未拆除门前的防护，也不敢放松警戒。富士见桥畔，篝火彻夜燃烧不熄。

（四）

第二天，八日清晨，早起出门一看，老天好像在故意捉弄人一般，天空一片晴朗。去到昨日的战场，真是惨不忍睹。我原以为参加了一场激战，但一看才知道，我们要比别处幸运多了。

离我寓所百米之遥的道路已消失殆尽，变回了昔日的海滩。远处的一处别墅，基石被海浪卷走，地板下的沙石也被翻了起来，房屋向前倾斜着。近旁的一户出租屋半个身子悬在空中，随时都有坍塌的危险。大树被洪水冲倒，根部露出章鱼脚一般长长的根须。道路上的石板被冲到远远的田里，鸣鹤岬下方新筑的石堤，有一百多米都被冲垮，成了乱石滩。河口变得浅浅的，一夜间，河中沙洲已改变了位置。

去到叶山方向一看，道路中央全被打捞上来的船只阻塞。旁边的一群人正齐心协力地将快要倾倒的房屋重新支撑起来。远处一倒塌的储藏室旁，有人在清理肮脏的杂草。再看远处，见有人将室内的东西全部搬出后正从里到外冲洗着房屋。还可见一处别墅下面的山崖被冲垮，房屋的一半悬在空中。几位石匠正从沙地里刨出被掩埋的有如鱼糕店里的砧板大小的石条，并一一细数。还有一位老大爷说自己船上的渔篓被冲走了，损失了二十多两银钱，他急红了眼，正欲出海去搜寻。不知谁家的米袋被洪水冲走，正在浪涛中打转。人们纷纷议论着某某家虽离大海有百米之远，却也遭到了海浪的袭击；某某家的家什全被淹了，某某又怎样怎样了。总之，不管走到哪里，听到的都是这样的话题，连人们见面时的寒暄也都变成了："哎呀，好厉害的暴风雨呀！"

听房东讲，这是一场十四年未遇的大洪水。

秋色渐浓

走在郊外的小径上，可见人们正在繁忙地收割粟米，谷子也到了快要收割的时节了。

荞麦如雪，甘薯地里枝叶茂盛。看吧，伯劳啼鸣的村里，红彤彤、黄澄澄的柿子正如星星般闪烁。

龙爪花、鸭跖草、野菊、红蓼，这花花草草犹如小小的粟米、稻子，也如黍子、野燕麦。耳闻虫鸣，踏草前行，青蛙跳跃，螽斯飞舞，偶可见小蟹沙沙爬行。

又

漫步山路间，芒花萱草撩我衣襟，着实可爱。

山色秋意渐浓。且不说何树色正浓，何树叶凋零，令人感到林木稀疏了，山骨瘦寒了。风吹树叶声渐渐枯干，枝叶间透出的光亮更显透明。默默前行，耳边传来咕噜一声东西落地声。或是小鸟踢落了石头？或是栗子落地？之后，林间鸦雀无声。

十月十一日

富士披雪

富士披雪，披着一层清凛的白雪。

秋高气爽，相模湾带着风威的怒号壮观无比。看那晴空阔海间的富士，是多么玲珑秀美啊！

从峰顶至山腰一带，洁白的雪披在青紫色的山肌上，上面不露一丝缝隙，下面则如镶嵌的花边，包裹着富士的上半身。白雪明净，洁白无瑕，沐浴着阳光，映衬在晚秋一尘不染的碧空中。踏上相豆的山峦，俯瞰银波万顷的相模湾，其秀丽，其神威，令人流连忘返。

富士峰顶的白雪，不仅为富士的秀丽神采添色十倍，更是烘托四周美景的点睛之笔。东海之景因富士而生辉，富士之景因白雪而耀眼。

十月十六日

寒　风

今日的风，是寒风之始。

万里晴空无云，从天心至地平线，碧蓝如水。晶莹的阳光，充溢天地间。然而，寒风不知从何袭来，越刮越大，卷起海浪，撼动山谷，横扫树叶。天色中、树声里无不飘出干涩的气息，令人感到秋色已深。

又

太阳被寒风吹落了。举目望去，十二日的月不知何时已爬上后山，朦胧无光，仿佛那凛冽的寒风也会把月光吹灭。

七时许，外出。寒风瑟瑟的夜空，月明如昼，银霜铺满大地。沿着树影黝黑斑斓的小路，行至河口附近，见前面江心洲一带的水面白浪映月，宛如银蛇飞舞。

十时许，寒风仍在怒号。海浪声、门窗晃动声、树梢摇曳声，还有阵阵蛙鸣声响彻在房屋四周。推门望去，月色满地。

十月十七日

寒风过后

寒风像忘记吹了一般，突然间便停息了。院子里的樱花树刚刚还被吹得摇曳不断，此时却像画中物一般，静静而立，连树梢与树梢间牵挂的蜘蛛网也都纹丝不动了。被寒风刮落的树叶这边一堆，那边一团，悄无声息地躺在地面。

伫立院中，仰望上空，从地平线到天心，没有一丝云彩。天空晶莹玲珑，如明镜般清澈，如碧玉般温润，如深潭般光洁，如名工锻造的利刃般闪亮，高远澄明，仿佛可一眼望见上帝的圣座。

今日真可谓是晚秋时节最美的一日。经连续两天的雨水洗涤，连续两日的大风吹拂，天地一派洁净，秋空更显高远，空气愈加清爽，太阳越发明亮。晶莹剔透的宇宙犹如一块碧玉，大自然造就了深秋这最美的一日!

十月十八日

月下白菊

漆黑如墨的树影下,白菊独立庭院,月色中暗香四溢。好一个花月夜!俯身折下一枝,枝头露水晶莹,月影闪闪欲滴。

朝来的细雨已停,风亦止息。月夜的静谧无以言表。不知被什么惊动,井边的无花果树叶一阵躁响。其后,满院寂静,月与影都沉睡了。

静夜中,偶尔传来一两点屋檐滴水声。

十一月十二日

暮　秋

踏着柿树的落叶,登上后山。

黄茅萧萧起舞,青绿的龙胆,绯红的棘子果,点缀着山间小径。

从山上俯瞰,田里的庄稼已收割完毕,麦苗微微泛绿,村庄瘦瘠,暮秋的原野一片寂寞。五六只乌鸦立于山间树梢,朝着对面的山村连连啼叫,哑哑之声回响山野间。

十一月十五日

碧空清冽

碧空无半点云褶，透明又清冽。此时，若向天空扔一石块，天空似乎也会戛然而鸣。

风已止，浮动的空气莹然凝结，铮铮如金。回声中少了春日里绵长悠远的音波，宛如三棱飞箭穿破气层，空气戛然有声，但瞬间便止。

十一月二十日

晚秋良日

今天是个晚秋良日。

一早起身，在井端洗漱。空中紫气朦胧，山色尚未明朗。昏暗的鸡舍里鸡在啼叫，树梢上麻雀鸣啭。晓风吹过，清冷拂面。

去到河畔，潮干，水浅，浮在上面的船只仿佛仍在睡梦中。附近的人家也都关门闭户，尚未起身。踩在沙滩水坑中映出的残月影上，走近河口，抬头眺望富士日出。

富士山身披淡淡蓝装，高高耸立。相模湾还不见一丝灯火。除西边天空那一抹微红的光芒之外，四周无不笼罩在一片凄冷的寒气中。从鸣鹤岬方向有马车驶来，车夫和着阵阵马蹄声，哼着小调，那歌声如同破冰一般，划破晨空。

西天的红霞慢慢下沉，渐渐落到了富士山背面。奇怪的是山头却无一点红光。疑惑之余，定睛细看，那峰顶的白雪呈现出一点点融融的朱红，像是被人用手指抹上去的一般。再凝神观望，一秒、一秒，那红斑渐渐扩散开来，变得透明，变得明亮，继而射出淡红的光芒。白雪吸纳着朝阳散发着红光，那红光又慢慢向四面浸染开去，富士终于在黎明的红霞中苏醒了！

孤鹰从鸣鹤岬飞来，掠过富士山腰，扑闪着翅膀盘旋，又再一次展开双翅，飞翔而去。

再驻足观望，见那红霞已蔓延至相豆的群山，回首望北，沿着小坪山一带的天空全都染成了淡红一片，流淌的河水中也像融入了胭脂。相模湾上点点帆影，近处的呈清冷的灰色，远处的则一派金黄。

又

傍晚，又去到清晨看富士日出的河畔，观看落日。太阳正向鸣鹤岬右侧沉落。白光灿灿，令人目眩。背负着落日的鸣鹤岬渐渐暗了下来，周围的石堤也变得暗沉。石堤下泊着一艘船，桅杆中间悬挂着卷起的风帆，被落日映衬得黑乎乎的。从桅杆顶端斜垂而下的帆绳，面向落日，闪着金辉。

潮已落，河滩变得宽广。一农夫站在落日余晖闪烁的河水中，正清洗着肥料桶。前方沙洲上拾贝的小孩，黑黝黝的身影倒影水中。

放眼望去，富士山、相豆群山都笼罩在茫茫紫霭中。夕阳抖动着双肩慢慢下沉，日轮的四周迸射出金白的光芒。随着太阳下沉，白光渐渐消失，金色的天空腾起一个不再炫目的圆圆的黄球，一秒一秒地继续下沉着。随着日光西斜，紫霭缭绕的山色也更加浓郁了。

夕阳落到了伊豆山上，仍在慢慢下沉，慢慢残缺，最后，变成一弯金梳，一粒金豆，终于消失在了地平线上。刚刚还沐浴着夕阳余晖的房舍，西南面骤然变得冷清凄凉，仿佛令人感到宇宙间生命都行将终焉。光芒实为生命之源啊！

日落后，天地间余光犹存。相豆群峰染上浓浓紫色，继而化为蓝色。天空也由金黄变为朱红，再化为黄褐色。或由浅黄到藏蓝，再到绛紫。一颗明星挂在了落日离去的天际。

残照映天，天水相连。伫立在这美丽的黄昏中，由衷地感叹大自然的景观是如此日日清新，美不胜收。

十一月二十四日

晚秋阵雨

今日下起了阵雨。

哗啦啦地下了一阵，又停一阵；接着，又下一阵，再停一阵。客栈里的女人们一会儿晒衣物，一会儿收衣物，忙得不可开交。深秋时节，大自然想必也在为行将入冬而焦躁不安吧。"喧嚣尘世多思虑，潇潇秋雨知时节。"[1]古人的诗句真是妙不可言呀！

日光淡淡，宛如轻纱包裹。山野茫茫，落叶树木湿湿漉漉。空气沉郁，恰似淡云密布的春阴时节，一派惆怅光景。

十一月二十七日

---

[1] 日本江户时代中期俳句诗人栗田樗堂（1749-1814）的诗句。

寒　星

寒星满天，挂在漆黑的屋顶，悬在黝黑的山峰，四处闪烁。

榉树叶落，那伞形的枝梢摩挲着天空，仿佛每一根枝条都映着星光。静静伫立院中，似闻夜风如波涛般掠过山顶，而那殷殷远雷响，则是邻家舂米声。

十二月五日

寒　月

夜九时，推开房门，见寒月皎皎，如同白昼。风飘飘飒飒，轻拂着叶落殆尽的秃树，含霜的树枝摇曳在皓月夜空中，与地面的影子遥相呼应。落叶飘零四处，片片月影闪烁，脚踩其上，漫步院中，脚下簌簌有声，如踏碎玉。

举首仰望，夜空无云，寒光千万里。天上朔风呼啸，海上浪涛怒吼，山谷骚动有声，仿佛乾坤皆在悲鸣。侧耳倾听，篱下寒蛩低鸣，其声将绝。风声中，行人走在月色如霜的道路上，木屐声戛然清脆，如同金石声。月色下，汹涌澎湃的湘海远方，洁白的富士是否依旧亭亭而立呢？

月色普照，寒风劲吹，大地怒吼，沧海咆哮，浩渺无垠。

大自然的呼吸是多么地壮观！这月色，这风声，令人难以入眠。

十二月十日

湘海朔风

蓦然间，突然觉得这寂静的世界喧嚣了起来。急忙出门一看，原来是朔风来临。

青碧泛紫的湘海，被阵阵朔风掀起一尺尺白浪，一寸寸银波。须臾间，相模湾白浪银波狂卷，汹涌咆哮，巨浪滔滔，大有将沿岸的山岩席卷而去之势。那嗖嗖朔风掀起滚滚波涛，海岸上尘沙飞扬，烟雾盘旋。狂风卷起落叶，吹跑飞鸣的小鸟。一渔夫弓着身，掩着面飞奔而来，忽而又因强风立足不前。小坪山上黄茅如波涛翻卷，山巅的松树被吹弯了腰，似乎马上便要折断。

碧空晴朗，日光晶莹。富士与相豆群山都清晰地屹立在海滩对面。真不知这风由何而来！目光所致，沧海、高山、行人、草木全都无法自持，狂奔着、悲鸣着、骚动着。

狂风仍在劲吹，时刻已近黄昏。落日余晖，将伊豆、相模群山、富士山峰染成一片紫色。三浦半岛一带，夕阳赫赫，似火燃烧。相模湾金涛紫浪，赤波咆哮，浩荡之声震撼天地。

十二月十三日

寒 树

细雪霏霏。雪停，日出。

寒气袭人，刺骨朔风终日不歇。

日暮，天空染紫。树叶落尽的大榉树，枝干坚硬，如老将的铁骨身躯。高挑的枝梢上万千枝条如丝似线，纵横交错，如同在挪揄紫色的天空。条条枝丫充满寒气，仿佛枝枝刺骨。苍凉的月亮高悬，空气像是凝成了冰。

十二月二十日

冬 至

今日冬至。

踏着霜打的枯草，伫立野外。放眼望去，满目荒寒凄凉。枯芦在寒风中战栗，鹡鸰在落叶柳枝上啼叫，干涸的河川上，浅水低吟私语，仿佛在告知人们岁暮来临了。

十二月二十二日

除 夕

天空阴沉，虽阴，却无雨。一个令人郁闷的除夕天。

从山上砍来松枝，做成门松[1]，立于门前。停泊在前边河面的小舟上也挂起了松枝和稻草绳[2]。天下无事，我家无事，无客造访，无债鬼登门，无余财剩留。淡淡焉，岁暮静静来临。

十二月三十一日

---

[1] 日本民俗中正月间立于门前迎神、祈愿平安的装饰用松枝。
[2] 日本民俗中正月或祭祀时编结的草绳，为迎神的标志。

蚯蚓呓语

致故人

一

我迁至乡下居住已满六年。年龄四十五岁，对着镜子一看，头发、胡须都已斑白，这令我惊讶不已。

我生于乡间，原本就是一个傻佬，可近来，越发感到自己像杢兵卫、田吾作[1]式的乡巴佬了。前几天去上野，一车夫跑过来问我要不要带路。在银座、日本桥一带购物时，常常被当成乡下人对待，令我很生气。有时，明明知道店员会在背后吐舌头嘲笑，我还是让店员拿最好的，甚至是极品的东西出来，摆出一副阔气的样子，二话不说便买下来，真的有些孩子气。然而，看看映在商店玻璃橱窗中本人的模样，却也真的不敢恭维。即便是穿上西装或绣有家纹的和式礼服，那身庸俗的打扮，脏兮兮、胡子拉碴的样子，连自己也觉得被当成乡下人是情理之中的，最后便也只好苦笑着回到乡下。

最近，村里的巡警来玩。甲午战争时，他羡慕出征军人，

---

[1]　日本漫画家北泽乐天（1876-1955）创作的《田吾作与杢兵卫》中出现的两个乡下人。

将十五岁的年龄谎报成二十岁，入伍去澎湖列岛做了勤杂人员。而今在村里当巡警，会作和歌诗句，迎接新年时，也会咏几首天皇命题的和歌献上。听他讲，他即便是穿上正式的警服，佩着剑去东京，也会被当成乡下巡警，遭到路口候客的车夫们嘲笑。问他们怎么知道自己是乡下来的，车夫们回答说一眼就能看出来。巡警一边对我说起这段经历，一边放声大笑。一眼就能看出来——此话的确不无道理呀。鱼鹰眼，老鹰眼，小偷眼，新闻记者眼。用这些眼光来看，愚钝的乡下人的眼一定傻气十足吧。事实上，不是愚钝之辈，怎能在乡间居住得下去呢？不久经世故，是不可能变得乖巧圆滑的。

去到东京，我虽是一个地道的乡巴佬，但在乡下，却又算得上是洋里洋气之辈。我的生活状态也发生了很大的改变。现在的住家与你第一次来时看到的破屋有了天壤之别。当然，何为"天"，何为"壤"，完全是仁者见仁，智者见智。总之，我的生活发生了翻天覆地的变化。

刚刚搬来的那一年秋天，添盖了简陋的浴室和女佣间。其后，隔了一年，明治四十二年的夏天，又在旁边新建了八张、六张榻榻米[1] 的书房。翌年夏天，又在后院盖了八张、四张榻榻米，以及带地板的客厅兼储藏室。明治四十四年春，还在西边建起了八十多平方米的书舍。而且用宽两米，长分别为二十米、五米的两条走廊将堂屋与旧书房、新书舍连接了起来。这些房屋都用茅草葺顶。我本来就买的是旧房子，时间久远的差

---

[1] 日本的房屋面积多用榻榻米的张数计算。一张榻榻米尺寸为1.8米×0.9米，合1.62平方米。

不多有九十多年，短一点的也有三十多年。房子是旧了点，不过外观看上去却也十分气派，被村里人戏称为"粕谷宫殿"[1]。阔别两三年的朋友来看后，说这里完全变成别墅了。就权当是没有常住居所的我之"别墅"吧。这里的确是别墅式的生活，田地增多了，如今，我的住宅用地加上田地面积共有六千多平方米。

从前，这里没有门，进出自由。小学生们上学随意穿过宅子，啪嗒啪嗒的草履声惊醒我的晨梦，还有乞丐、拾荒的、找我聊天的，络绎不绝。现在，我在院子四周围起了竹篱笆，还栽上石楠、胡枝子、满天星等，筑起了花墙。虽然从外面伸手就能把门打开，我还是装上了大大小小六道木门和柴门。自己让自己成为笼中鸟，想来真是可笑。但好在花果不会被践踏，也可免遭不速之客的骚扰。想来，无论国家还是个人，一开始便是如此"隔离"自己，进而因隔阂产生争吵、打官司，甚至开战的吧。

"欲求来世安乐，米糠瓦罐一口，皆不可拥有。"[2]此话千真万确呀！拥有，乃隔阂之源；物求，乃争执之端。不知不觉间，我也以有必要为借口，修起了门，筑起了墙。虽然没有打算在黑色的板墙上插上防盗的竹刀，或在砖墙上铺上一层锐利的碎玻璃片，但那也不过是程度不同罢了。再说，如果手中有钱，说不准也真那样做了呢。

---

[1] 粕谷：地名，即作者居住之地武藏野粕谷。
[2] 出自日本镰仓时代歌人兼好法师随笔《徒然草》。

二

田里的农作物收成相当不错。去年收获了一大袋旱稻糯米，自己家还舂了年糕。今年收了三袋大麦，卖了六元钱。开始田园生活已经六年了，自家的农作物换成了钱，这还是头一回。去年雇了个短工，每月干十天活。由于我这个"美的农民"[1]与真正的农民合不来，所以，不到半年就把他解雇了。后来，便常常雇附近的临时帮工，或让每天来干活的独眼老太婆帮忙干点农活，我自己也常常动手。稍稍一停止劳动，手就变得细嫩；偶尔挑挑粪桶，肩膀又会马上肿起来。以前对任何事情都缺乏热情的人，或许是多年的锻炼吧，现在干起庄稼活来倒也麻利了许多。我已不再会勉强栽种不服当地水土的洋葱了，不会再把芝麻倒挂起来，让当地人嘲笑了，更不会把甘薯苗竖插进土里了。该留下根子的就留下，该施肥时便施肥，何时除草，何时松土，这些都是自己摸索着干。

每年我都会花好几元钱买回菜籽、花种，当然，这并非因为我有多少土地或一定需要栽种，而是每每看到种苗店里的商品目录，心就痒痒地想要买回。光是撒种就已经够累人的了，后期的栽培更是件辛苦事。也不知算是幸运还是不幸，撒下的种子大部分都消失在了地里。每当此时，就会大骂种苗店不道德，出售劣质种子。可是，一到春秋时节，便又盯着目录开始订购。真是傻呀！然而，我原本一个生活在趣味、空想中之

---

[1] 1906年，芦花去耶路撒冷朝圣，归途中专程到俄国拜访了托尔斯泰。受托尔斯泰影响，芦花于1907年初迁居至东京郊外的千岁村粕谷，自称"美的农民"，开始践行其"自耕自食，晴耕雨读"的农民生活。

辈，并不为结果而活，如若连干傻事的兴趣都失去了，我也就完蛋了吧。

时光如白驹过隙。刚刚搬来的那年秋天种下的茶树，去年已开始采摘了，今年新茶的收成相当可观。水蜜桃栽种亦费尽了苦心，铺上沙石，修剪枝叶，从去年开始也可享用了。还有草莓，每年都移栽一些，今年不仅每天能吃个够，还做了二十多瓶草莓酱。

篱笆墙上的胡枝子，在观赏完其花叶后，便砍下梗子用作编篱笆的材料。去林中散步途中捡回来的山椒种子，随意种上，如今已开花结果，为我家提供一年四季做菜的香料。完全不曾打理过的毛竹，长出的竹笋便是我家做汤的材料。修剪篱笆时留下的枝叶可用作引火柴，落叶扫在一起腐烂后便是天然的肥料，这一切一切皆是岁月的恩赐。

一棵一棵种下的树苗扎下了根，可以独自成长了，支撑幼树的木桩已被拆除。搬来的那年秋天，费尽心力从邻村移植过来的石柯树，当时还光秃秃的，不足一米粗，隔一年后移栽在院中一角，而今这棵树已枝叶茂密，不知不觉间开出了花。前几天，我家女儿在树下发现了一颗椎果，接着，妻子又捡到了五六颗。"石柯结果了！石柯结果了！"家里充满了欢快的笑声。住在乡下，想不到这区区小事竟会给全家带来如此巨大的喜悦。虽然，我们的眼睛感觉不到日复一日大自然默默劳作的力量，却不得不由衷地感谢自然之力。

我种下的树木大多扎下了根，我自己也在这乡间扎下了根。

三

我虽说稍稍习惯了乡间生活，可实际上，在村里住了六年却还没完全成为村中的一员。由于我天生孤注一掷的性格，所以当初连户口都迁到了村里。反思这六年的生活，连自己都不敢断言自己是一个好村民。除遇红白喜事、军队送迎等之外，近来，连村里的集会也少于参加。对于村中的政治活动更是持超然的态度。俗话说得好，丈八灯台，照远不照近。虽说这村子离东京很近，可青年会今年才成立，村里的图书馆也是前年好不容易才建成的。当然，对于这些，我只是采取旁观的态度。什么郡教育会呀，爱国妇女会呀，一切带官方性质的团体邀我入会，我都一概回绝。连村里那座小教堂我也很少踏入。

到去年为止，一年有一个月的轮流执勤，我也仅仅是领取一盏执勤用的灯笼而已，一切事情都推给了执勤的伙伴，弄得大家都很麻烦。所以，从今年开始，连这份执勤的任务也被"奉旨免职"了。

用我自己的眼光看自己，我只不过就是一个不领工资的别墅看守人，一个不扫墓的守墓人，一个不做买卖的花圃店老板罢了。而在村民眼中，我归根结底就是一个游手好闲之辈。一个游手好闲的家伙能给村里的贡献不外乎就是过盂兰盆节、过正月时陪陪附近的年轻人、妇女儿童一起玩玩，凑个热闹而已。

其实，在一开始，我还抱有一点非分之想，希望我家的灯火能给他人带来喜悦。最初，我也努力过，后来便慢慢感到力不从心，羞愧难当，最后便决定停止发表一切言论，过起了我行我素的生活。我坦白，我不能真正成为村里的一员，这是我的本性使然。在东京时如此，在乡下也如此。不管走到哪里，我都是一个游子，一个投宿之人，一个过客。然而，人生不足百年，六年的岁月绝非短暂。这六年来我都生活在村里，却至今没能成为其中一员，这是事实。但要说我一点也不爱这里，那是假话。有时，当我远行归来，附近的孩子们见到我会问："你上哪儿去了呀？"这时，我的喜悦之情就会油然而生。

东京的影响已经越来越波及这乡村了。当然，这里离东京西边原本就只有三里之遥，是依赖东京而生存的小村庄。东京这座二百多万人口的海洋，潮起潮落的余波冲击到这里也是极其自然的事。由于东京开始使用煤气，对薪柴的需求量减少，村里的杂木林便多被开垦成了麦田，道路两旁的橡树、枹栎等也被砍伐、挖掘，形成一块又一块长条形的荒地。杂木林山丘是武藏野一带的特色景观，树木被野蛮地砍伐掉，这简直就像是在割我身上的肉。但迫于生活，这也是令人无奈的事吧。

后来，又说竹笋好卖钱，于是村里便毁掉麦田改种竹子。看到养蚕有赚头，便又开始种植桑树。总之，不种大麦小麦，而是大力栽种满足东京需求的卷心菜、大白菜以及各种园艺花草。过去传统的农村已经渐渐变成了为大都市服务的菜园子了。

由于京王铁路即将修建，这一带地价开始暴涨。我当初购地皮时，一坪[1]才四角多，现在已涨到了一元、两元乃至两元以上。前来购地的人一天比一天多起来。我自己虽然也是从东京

---

[1] 日本丈量土地面积的单位，1坪等于3.3平方米。

逃离出来的急先锋，却并不太乐意他们插足此地。每每见到那些穿着西服、白袜的东京人来选购建厂的地皮时，就会紧锁眉头。

　　总之，东京一天一天地逼过来了。过去，此地从未听到过的工厂的汽笛声，近来常常惊醒我的晨梦。村里人也变得心神不安起来，了解十年前该村情况的人，都吃惊于村民们赚钱的那股子猛劲。政党纷争、赌博流行自古便是三多摩地区的特色，可现在，已经不再发生因选举而出人命的事件。我刚刚搬来时，水田对面的杂木林山上还经常有挑灯夜战的赌徒。我也曾听说过，村里某某大户人家赌输了，把家里的所有土地都抵押给了劝业银行。还听说过某某小农连宅地都输光了。现在，赌博之风已不再盛行，那些游手好闲之徒大多去了东京，有的还改邪归正，务起正业来。如今，全村村民都一门心思认真干活赚钱。当然，除了赚钱的环境规范了许多，尤为重要的是游手好闲已不能继续维持艰辛的生活了。

四

　　我的家里，除了我们夫妇二人之外，还于明治四十一年秋，领养了我兄长家的小女儿，取名阿鹤。鹤寿千年，我们住在千岁村，鹤的名字与此地再相宜不过了。三岁领养过来时，她还是个不太会说话的娇弱小孩儿，如今已长得结结实实的。当初，我把她背在背上，轻轻松松地走了两里路，一直背到三轩茶屋。现在，她已身高一米有余，体重十五六公斤。虽然没有玩伴，她也不嫌寂寞，就这样慢慢长大了。

孩子就应该放在农村养。东京的孩子真是可怜，既不能自由自在地放风筝，又不能随心所欲地踢球。电车、汽车、马车、人力车、自行车、板车、马在路上随意通行，小孩子一不小心就会受伤。而乡下的孩子，风吹雨淋地，整天赤着脚，活蹦乱跳，拿起板栗、红薯、芜菁便嘎吱嘎吱地生吃，他们从眼睛到鼻子虽然长着一副不太聪明的模样，却真正充满了孩子气。他们虽然不太讲究卫生，却几乎不生什么病。

除老少三口之外，我家还有一名女佣。她的父亲因迷信天理教，耗尽了所有家产。她八岁那年丧母后，便到农家干杂活，今年二十岁了，却大字不识一个。她虽知道东乡大将[1]的名字，却不知道天皇陛下是谁。明治天皇驾崩时，妻子为了将天皇陛下的概念灌输进她那原始的脑袋里，费尽了心思。连天皇陛下都不知道，自然便不知皇后陛下、皇太子殿下了。当她好不容易明白天皇驾崩的含义时，便问道："他有儿子吗？""他的妻子可怎么办呢？"明治维新四十五年了，在离帝京仅三里之遥处，一个二十岁的年轻女子，竟然还如同生活在原始部落的葛天氏、无怀氏时代一样，闭塞无知，难怪伊万王国[2]的创始者会那样信心十足。

家中除了这位"无怀氏之女"以外，还有一条叫阿品的特里亚种黑色小母犬，比阿鹤早来一个月。阿品已经五岁了，下巴上长着白毛，是个"老太婆"。每年产仔两窝，一窝四五

---

[1] 日本海军大将东乡平八郎（1847-1934），日俄战争时，任日本联合舰队司令官，在日本海海战中歼灭俄国波罗的海舰队。

[2] 托尔斯泰小说《傻子伊万的故事》中讲述的傻子伊万克服恶魔设置的种种障碍建立起的理想王国。

条。它的子孙繁衍在附近村落。近来由于宠物税规定严格，为"老太婆"的孩子找对象便成了一件棘手的事。我外出时，不管是徒步还是坐车，"老太婆"总在后面跟着。最近，我常常往返于东京，"老太婆"跟在后面好像累得够呛。有一次回村途中，车夫把它放在了车上，此后，它只要跟在车后跑累了，就会斜着眼睛可怜巴巴地望着我们。

此外，家里最近还养了一条波英泰种的公狗，据说曾是甲州大道上的流浪狗，本名"波奇"，因为个头长得大，我就叫它胖仔，没别的含义。它相貌狰狞，一身虎毛，即使三四条狗联合进攻它，它也能轻而易举地制服对方。这条猛犬打败了所有的竞争者，自然而然地成了阿品的上门女婿。我再三考虑后，替胖仔登了记、交了税，公开将它当成了我的保镖。近来，保镖先生变得温和了起来，首先眼神已与从前大不一样了。不过，它仍旧恶习难改，常常追逐孩子们，它不咬人，只是吓唬他们。胖仔流浪的时候，经常遭到孩子们欺负，它的复仇心好像至今也未泯灭。

说到孩子，我很困惑为什么日本的小孩儿不喜欢猫狗之类的小动物，一见到它们就骂畜生，还动手打它们，向它们扔石子。这也是跟大人们学的吧。不爱动物的国民，没有资格成为大国民。欺负猫狗的孩子，长大以后也会欺负朝鲜人、台湾人。

据一位精通养犬之道的人士讲，野狗的牙比家犬的牙长得多，锋利得多，而且向外突伸。对生物而言，最可怕的莫过于饥饿，饥饿的野狗离猛犬、狂犬也就一步之遥。"流浪武士"波奇变成了保镖胖仔，模样和善多了，但从前的强悍也消失了。正所谓"富国""强兵"不可兼得，胖仔温和了，却也柔弱了，这也是不可避免的吧。

除了这两条狗，家里还有一只猫，一只名叫"虎子"的雄猫。爱犬之家连猫也犬化了。虎子不愿意睡在榻榻米上，只愿意睡在泥地上。每逢我们外出，它总像兔子似的蹦跳着跟在后头。它不喜欢吃米饭，而喜欢麦饭；不喜欢吃鱼，而喜欢油炸豆腐。它学着主人的样子，把吃剩的梨子、甜瓜塞进嘴里咯吱咯吱地嚼。还用一只爪子按住玉米棒，张开嘴咬住，再用利齿把玉米粒剥下来吧嗒吧嗒地吃，完全就是一只生长在田园的猫。某日，有客人来访，我们难得一次从东京买回鱼招待他。这位虎子先生却一下子便被鱼刺卡住了，两眼泪汪汪的，嘴角直流着口水，弄得全家手忙脚乱地折腾了好一阵子，才算保住了它的性命。

此外，家里还喂了十只鸡，也养过两次蜜蜂，但两次蜜蜂都跑了，现在只留下空空的蜂箱。当然，还有屋顶上的老鼠，储藏室里的青蛇等擅自闯入者。不用说，它们都不属于我家成员。（作者追记：胖仔于大正二年二月被汽车轧死，虎子正月里便下落不明，阿品五月间掉进粪坑淹死。）

提到猫的话题，我又想起了另外一件事。明治四十二年春，我在盐釜的客栈吃了牡蛎后，便决定停止吃素了。我于明治三十八年十二月开始吃素，明治三十九年、四十年、四十一年，整整坚持了三年，算是为我的过去服了三年丧。此前，连做汤都用的是海带来调味，现在，鸡鸭鱼肉通吃，尤其喜欢猪肉和鲷鱼。不过，允许酒肉（酒算是附带）进入我这山门，也是最近的事。平素的食物仍以蔬菜、干货、豆腐为主，偶尔在招待客人或外出时才难得吃一次肉食。看来，好不容易还俗了，意义却似乎不大。甲州大道边有家酒馆，但只卖些腌制品和干货。如若不是城里的鳗鱼、秋刀鱼大量上市的季节，是几乎听不到酒馆里有喧嚣声的。曾经有两位年轻人学着东京人的做法干劲十足地抬了一个大鱼盆来卖鱼。我很好奇，凑过去一看，大大的鱼盆里只有五六条煮熟后晒干的鲣鱼和几片金枪鱼片，此外就是血淋淋的鲨鱼头了。一看那鲨鱼头，就会吓一跳。这些东西恐怕是从鱼糕店里买来的吧。有谁会来买呢？是用来做汤料，还是煮着吃？真让我感到伤心。我真想为自己一生留下一个美好的回忆，把近乡近邻们都请来，用活蹦乱跳的鲷鱼做成生鱼片，做成干烧鲷鱼，再配上雪白的大米饭，让大家美餐一顿，把肚子都撑破。实际上，在此地，只要是鱼就算是奢侈品了，至于是否鲜活，根本不重要。有时看到附近的孩子脸色绯红，他们并不是喝了酒，而是吃了不新鲜的青花鱼、金枪鱼后引起的过敏反应。

近来，我的食欲大不如从前了，主要是因为平时总吃素食的缘故。偶尔在东京吃一顿西餐，虽然也觉得好吃，但连想象的一半都吃不下，看来，我的胃肠也变成乡巴佬了。

五

一个藏书之家，一个读书之家，一个花草之家，这是附近农民对我家的评价。最初将我引荐到此地的石山君原打算在这里建一个私塾，让我教英语，他自己教汉学，将知识普及到千岁村。然而，结果却令石山君失望了。我的生活完全是我行我素。某个学生曾诚恳地劝告我说，你的故乡又不在这里，种那么多的大树，又盖房子，这样不好。但我没有听他的忠告。我建的房子虽然样式旧了些，但家里人少，住起来十分宽敞，而且种植了大量的果树和观赏花木，一切都按永久居住的方针安排，花费了六年的时间。我并非不知道，其实我的住所应该建成像帐篷一样的能逐水草迁徙。我也不否认我的身上流淌着漂泊的血脉。我记得，在我的经历中，每隔五六年总要换一次住所。正因为如此，我很希望在哪里安居下来，稳定下来。失去了自己故乡的人，总想重建一个故乡。因此，六年来，我孜孜不倦地营建着自己的巢穴。其结果又如何呢？我刚搬来不久的时候，一位东京的绅士有事来访，看到我家简陋寒碜的样子，脸上流露出了无法掩饰的轻蔑感。今年他再来时，眼里却明显地露出了毋庸置疑的敬意。与此相反，曾经有一位佛教徒当初看到我家连水井的吊桶都只有一只，便心生欢喜。可现在根本不来这里留宿，也不路过这里了。也就是说，我的田园生活，在有的人看来是成功的，而有的人却认为是堕落。

是成功还是堕落，对这种简单的评价我不屑一顾。坦白地说，我虽更加喜欢自然，但我并不讨厌人，我虽更喜欢乡下，但也无法舍弃城市。总之，我热爱一切。我的居所位于武藏野一隅，平常，坐在沿廊的窗边读书、写作，抬头便可望见甲斐东边的山脉。而从三年前新建的书房又可望见东京上空的烟雾，一面可眺望山峰的白雪，一面可观望城市的烟霭。我的居所同时兼顾了我对都市情趣与田园风情的追求，这充分体现了我脚踏两只船的立场和欲望。然而，这两种欲望究竟能相安无事地持续多久，却值得怀疑。这两种欲望的结合产生了什么，或将来会产生什么，这也值得怀疑。对我而言，这六年的乡间生活，我得到的一点收获便是开始懂得了什么叫执着于土地。我从他乡来到这里，只不过住了六个年头而已。但我在这里种了树，播了种，盖了房，流了汗水，施了自己的粪肥，埋了死去的我家的猫、狗、鸡。如今，这片土地对我而言，就好比是必不可少的衣服，甚至是自己的肌肤。居其间则心安，离开则痛苦，根本不可能想象失去它。推己及彼，祖祖辈辈生活在这片土地上的农民对土地的情感由此可窥见一斑。

然而，将自己禁锢在自己设定的圈子里是人的弱点。执着通常是一种力量，但执着也意味着终止。宇宙是有生命的，人类也是活生生的，如同蛇蜕皮一样，人应该扔掉自己昨日的尸骸前进。无论是作为个人，还是国民，为了永久的生存，应该天天死去，日日新生。我虽然以永久居住的形式开始了乡间生活，但究竟能否在此永住下去，还值得怀疑。由新宿至八王子的电车线路，从我们村到调布一段已经完成了土木工程，开始铺设铁轨了。钢铁与钢铁的相互碰撞之声，近来犹如警钟在我耳边敲响，好似迟早有一天要将我赶出这巢穴的先兆声。一旦电车线竣工了，我究竟是留在此地，还是干脆搬回东京呢？或者再次逃离文明，搬到山里去呢？而今，我也无法解答这个问题。

一九一二年十二月二十九日
都市乡村一派白茫茫的风雪黄昏
于武藏野粕谷

逃离都市记

千岁村

（一）

明治三十九年十一月中旬，他们夫妇俩为了寻找住所，从东京来到玉川。

某年春天，他独自寻访了一千八百多年前死去的耶稣的遗迹以及当时还健在的托尔斯泰居住的村落。当年八月，又飘然而归。他不知道归来后要做什么，只一心想要到乡间去居住。他把自己的想法告诉了前辈牧师，牧师说在玉川附近有教会的传教地，不妨去看看。他说自己不愿意去做传教士，只是为了生活而去。他对玉川这个地方动了心，答应先过去看看。牧师约定改日给他找个向导。

到了约定的那天，却不见向导的影子，牧师方面也连一张解释的明信片都没有寄来。于是，他只好遗憾地与妻子两人，在没有向导的情况下，向西去寻找自己的乐土。牧师曾模模糊糊地告诉过他，玉川附近有个千岁村，他与妻子便以为只要提及玉川的千岁村总会有人知晓的，所以两人便悠然前行了。

（二）

"如果有个家，就希望是茅屋之家，土地有一反[1]足矣，只要能自由使用。"

这是他长久以来的愿望。

为了预防火灾，东京是严格禁止盖茅屋的。要想住茅屋，就非得住在乡下不可。最近五年中，无论是他在原宿住的出租房，还是眼下在青山高树町租借的房子，在东京而言，都算是近似农家风格的，养花种草绰绰有余。然而，租借别人的家，租借别人的地，心里总不是滋味。在他的九州老家，本来也有父亲留下的一点田产，但后来慢慢变卖了，到日俄战争结束时，他手中已无寸土。因此，如今他想要的茅屋、土地就都得重新购置了。

他从两岁到十八岁的春天为止，除了中间两年不在家以外，其余时间都是在家中度过的，这个家便是茅屋之家。明治初年，他们一家从靠近萨摩边境的肥后南端渔村搬迁至熊本郊外时，他的父亲买下了这座老屋。后来虽然又添盖了一栋瓦房，可堂屋一直都是茅屋。犹如绵绵春雨浸入茅屋顶一般，对往昔的怀念之情一直都深深地渗透在他的脑海里。

他的家族是下级武士的后裔，继承了加藤家族浪人武士的血脉，世代担任一村之长，本来就与农业有着不浅的缘分。在他十四五岁的时候，就被仆人带着去收租查账，还遇到过佃农家强留他们吃饭喝酒，令他十分为难的事情。他的父亲辞去

---

[1] 反：日本丈量面积的单位，1反约合991.74平方米。

地方官一职后，一面担任县议会议员和乡村医生，一面率先兴办实业，把女儿培养成了模范缫丝女工，还在家里养蚕缫丝，贩卖桑苗，但总是亏本。在运送桑苗的繁忙季节，家里人手不够，连他的哥哥也扔下正在阅读的麦考莱的《英国史》，笨手笨脚地拿起短柄铁锹帮忙。他作为弟弟，也被迫拿起镰刀割苗运苗。任性倔强的他，干一会儿就厌烦，常常生气不干活。

他的父亲是津田仙先生主编的《农业三事》和《农业》杂志的读者。每次上东京，都要从农业社买回桉树、洋槐、神树等的幼苗，还有各种西瓜、甘蔗等作为标本试种。父亲有个脾气，喜欢什么事，就一干到底。有一次，他在一本杂志上读到在果树的树干上划痕，就可以抑制树干疯长，多结果实。于是，他便用小刀把院中所有的小梨树都横七竖八地划上刀痕。然而，作为父亲的儿子，他既不像父亲，也不像兄长，是个懒惰的家伙，既不愿求学又讨厌实业，整日干恶作剧。他任意糟蹋父亲辛辛苦苦平整的田地，错将扫帚菜当作甘蔗，乱啃一气又吐出来。他偷偷用拳头将未成熟的西瓜砸开，扔进河里，还做出一副佯装不知的样子。十六七岁的时候，因学习不努力而受到惩罚，被没收了一切书籍。而后，父亲命他专门学习养蚕，并送他到附近一家养蚕农户家拜师学习。由于这家有一位十四岁的女儿，所以，一开始他也认认真真学习了一段时间，但不到一年便又厌倦不干了。不过，在这家学习养蚕时，他曾因用菜刀切桑叶而割伤左手拇指根，至今还留下一道月牙形的疤痕，成为他这段经历的纪念。

所有这些难忘的记忆，都使他长期以来一直憧憬着过上田园生活。

（三）

夫妇两人从青山高树町的家中出发，沿着正在施工的玉川铁路，来到三轩茶屋。在一家乌冬面馆坐下，吃了碗乌冬面，权当午餐。而后，从松阴神社沿着熟悉的世田谷街道走到世田谷旅馆的尽头，向警察问了路后，再从写着"地藏菩萨"的路标处往北拐进里面的街道。原以为差不多快到千岁村了，所以一边走一边不断地向行人打听，可走了很久还是没到。妻子的脚被鞋磨破，行走困难，于是想在农家买双草履，回答说没有。两人终于走到了一条小河边，河岸旁立着一栋装有玻璃拉门的漂亮的小茅屋，旁边满天星的树叶又红又美。终于到达千岁村了。这栋别致的茅屋，便是村公所秘书的家。夫妻俩也想有个那样的家。

"这里有耶稣教堂吗？有基督徒吗？"他俩走近一户农家问道。正在洗衣物的女主人与隔壁家的主妇相互对视了一下回答道："是粕谷吧。""那粕谷先生的家在哪里？"女主人扑哧一声笑了出来。"粕谷不是人名，是地名呀。"她告诉两人，住在粕谷的石山先生是位基督徒。

一路走，一路问，终于来到了教堂前。其实教堂根本不靠近玉川，是一栋并不起眼的小木板房，位于一片桑田中，那白色的墙壁在乡下倒是难得一见。一位面色苍白、眼神呆滞，看上去像是病人，又像是疯子一样的、约莫五十来岁的妇女，听到喊声后走了出来。听她说，她借住在这所教堂里，照料她生活的石山先生的家便在教堂后面。她领着两人走进了石山先生宽敞的院落。这是一栋铺盖着铁皮屋顶的狭长形的房子，旁边还有座砖瓦顶的库房。

不一会儿，走出来一位穿着草鞋的人，自称是石山八百藏。年纪大约五十来岁，头上大部分已光秃，脸长得像大猩猩。后来才知道，这位石山先生是村里有名的博学善辩之士，虽然现在只担任村议员，但在过去，这三多摩地区政治斗争十分激烈，他作为自由党党员，曾四方奔走，联络各地壮士，是从刀光剑影中走过来的名人。来客自报家门，自称是经牧师介绍来看看教堂的。石山先生露出诧异的神色，说没有收到过牧师任何来信，还说从报纸上知道有个叫福富仪一郎的人，邻村有个教徒叫角田新五郎，他的姐姐便在福富仪一郎家中做佣人。他说："您的尊姓大名我还是第一次听到呢。"石山一边说，一边用怪异的眼神打量着眼前这对男女。男的身穿印有白花纹图案的窄袖外褂，脚上趿着一双磨秃了的萨摩木屐，满脸胡子拉碴。女的穿着一件灰竹色披风外褂，脚上穿着一双挤破脚的鞋子，脸上丝毫没有涂脂抹粉。然而，当他听到男客想迁居乡下的一番陈述后，歪着头沉思了片刻，带着傲慢的神态说道："现在教堂正缺牧师，视情况而论，说不定会请你来，每月会给你一些补贴的。"他带两人参观了教堂。

这是一间简陋的小教堂，屋顶低矮，最多挤得下一百来人。教堂背后，还有一间小屋。据说，教堂在耶稣教兴盛时期，本来是修建在离村西头一里之外的甲州大道古驿站所在地调布町的。后来，调布町的耶稣教衰落了，教堂也没用了。于是石山先生便与几名千岁村的教徒将教堂迁至此地。但教堂好长时间没有牧师了，现在，一个小学教员母子俩借住在这里。

参观完教堂，喝了石山先生招待的苦茶，又向其儿子打听了回去的路，他与妻子便朝甲州大道方向出发了。

晚秋的太阳倾斜在甲州的山峦上，武藏野夕风嗖嗖，浸人肌肤。夫妇两人沿着芒草摇曳的山路，迈着疲惫的脚步向甲州大道走去，不知何处传来暮鸦哑哑的叫声。"我们的未来会怎样呢？哪里是我们命运的归属呢？"两人一边想着，一边默默前行。

好不容易走到甲州大道上了。原本听说这儿有马车经过，却一辆也没瞧见。妻子在一家店里买了双草履，换下了自己的鞋。两人步履蹒跚地走了近三里地，终于到达了灯火通明的新宿。

逃离都市

（一）

时间过了两个月。

明治四十年一月，某日，两位乡下来客拜访了他在青山高树町的寓所。一位是石山氏，一位是教会的执事角田新五郎氏。他们想招聘他为牧师。他表示不愿意做牧师，只愿意在乡间居住。

其实，他对千岁村并不十分满意，听说是离玉川很近，但却相隔一里多地，何况风景也很平常。他家的女佣老家在江州彦根，听她说，他们村里有不少人变卖房产，到京都、大阪、东京一带谋生，所以地价便宜得令人难以置信。江州位于琵琶湖东端，山清水秀，盛产松茸，又靠近京都、奈良。他大为心动，拜托女佣赶紧去打听，却一直没有回音。后来才知道，那里的人根本没有理睬这事，认为他是在开玩笑。说是当今社会，即便是有从乡下搬进城里去住的，却不可能有城里人会特意搬到乡下来住。总之，江州方面至今没有任何消息。就在此时，千岁村的石山氏异常热心地介绍了三处出售的土地，他虽然兴趣不大，但还是决定先去看看再说。

一处在上祖师谷，靠近青山大道，另一处位于通向品川方向的灌溉渠旁。这两处地面积都太大，不合他的心意。最后去看的便是位于粕谷的那块地了，面积约有一两千平方米，地势稍高，风景也不错。还另附有一栋不太干净的茅屋，加上没铺地板的土屋间在内，约有五十平方米。房子用铁丝紧紧地绑在白桦树上，以防被风吹倒。茅屋前面，右边是一排橡树，直通麦田。茅屋的背面是一片小杉林和三角形的麻栎林。土地归石山氏和另一人所有，茅屋则是邻近的一位木匠的，他的小老婆和孩子现在住在那里。

就在这儿勉强凑合吧，他一边想着，一边离开了此地。

石山氏催得很紧，江州方面仍杳无音信，钱袋子也变得一天比一天轻。他终于决定买下粕谷那块地，并付了定金。

付完定金后，轮到他着急了。他排除万难，决定在二月二十七日这一天逃离都市。前一天的二十六日，夫妻俩带了两个年轻姑娘，拎着扫帚、抹布、水桶从东京赶过去打扫卫生。路途比想象的要远得多，两个年轻姑娘累得够呛。好在一路上云雀的歌声稍稍给她们带来了一丝安慰。

到那里一看，本来说好提前一天交房的，可老住户还没有收拾完，正在装最后一车行李。他与木匠互相寒暄了几句，据说这位木匠以前曾是石山手下的一名壮士。木匠的小老婆头发蓬乱，用憎恨的目光盯着城里来的女人。他们一边坐在田间的枯草上歇息，一边等待着老住户搬走。隔着一片小墓地，东边的一户人家，据说是石山氏的亲戚，这家的女主人借给他们两张草席，又端来一壶茶水和一碗酱菜。他们便坐在草席上，拿出从东京带来的饭团吃了起来。

一个十五六岁的哑巴拉起板车，老住户一家终于离去了。他们早已等得不耐烦，连忙起身开始扫除。空空的房子并不美观，但毕竟属于他们自己的了。然而，脏兮兮的房子仍令夫妻俩不愉快。麦草屋顶已开始腐烂，粗糙的墙壁簌簌脱落，六张陈旧的榻榻米上浸着小孩的尿迹，两道隔扇门的糊纸又黄又破，六张榻榻米房间的天花板上沾满苍蝇的屎卵，泥土地面的厨房里，灶台已塌陷。粪坑里的粪便，黑浆浆的污水沟，还有满地的垃圾……老住户留下这一切，走了。说是做扫除，可真不知该从何下手。女人们不高兴地拉长了脸，他愤然操起扫帚，连木屐都没脱，便跳上地板开始打扫，反而弄得满屋尘埃飞扬。女人们也只好戴上头巾，挽起袖口干了起来。

二月的白昼十分短暂，才打扫了一半，太阳就落山了。把余下的事拜托给石山氏后，他们便匆匆踏上了归途。甲州的大路上今天仍无马车经过，拖着沉重的步子走到新宿时，女人们早已累得精疲力竭了。

（二）

翌日，明治四十年二月二十七日，天空中无一丝寒风吹过，是二月里难得的好天气。

从村里雇来三辆马车，同为耶稣教教友的石山君、角田新五郎君、臼田君，还有角田勘五郎的儿子也出于好意，各自拉来一辆板车帮忙运行李。吃完午饭后便出发了。行李中大部分是书籍和盆栽。他尤其喜欢园艺，住在原宿的五年间，虽说是借的房子，他还是种了大量的花草。搬家时大部分都留下了，但也有相当一部分从原宿带到了青山高树町。这次，他决定把花草全部带走。尽管拉板车的几位先生都嘲笑那些栗树以及刚分蘖的榛树不值钱，他还是请求他们把这些树木搬上车运走。此外，他还请了住在原宿时常来帮忙的善良的矮个儿三吉过来帮忙押车。

前来帮忙的青年以及昨日帮助打扫卫生的姑娘们与他道别后各自离开了，暂住他家的先前那位女佣也拎着大包裹走了。隔壁房东正病危住院，其妻子每天来回奔跑于家中与医院间。选择这个时候离开，虽然显得有些缺乏同情心，但他们还是去与其妻道了别。道别后走出大门时，发现门上已经挂出了房屋招租的牌子。

夫妻两人与暂时过来帮忙的女佣，各自拎着日常用品、灯具等乘电车到了新宿，再乘坐去往调布的马车，沿着甲州大道摇晃了一个多小时后，经车夫的指点，在上高井户的山谷下了车。

来到粕谷田园时，又大又圆的夕阳正落在富士山头，武藏野沐浴在一片金色的霞辉中。逃离都市的一行三人，拖曳着颀长的身影，行走在通往新家的田埂上。远处的青山大道上传来一阵车轮声，原来是先出发的马车快到了。随后，人与行李终于从两条通道进入了这座孤零零的茅屋。

昨日打扫了一半的茅屋，两间六张榻榻米的房屋已经拜托石山君换上了没有镶边的新铺席，终于像人住的地方了。昨日还拜托那位木匠老住户在六张榻榻米的房间顶上装上了粗糙的顶棚，以防止蛇钻入。

黄昏时分，拉板车的几位先生也先后到达。家具大部分都堆放在了没铺地板的房间，其余的则放在了屋外。赶马车和拉板车的诸君简单地喝了杯茶便离开了。一家人点上灯，拿出从东京带来的盛饭桶，吃了一餐冷饭。然后，夫妇俩住进了靠西边的房间，女佣与三吉则头对头地睡在了另一个房间。

明治初年，离开靠近萨摩的故乡辽到熊本时，一家人暂住在亲戚家，随后又搬进了父亲购置的一栋大茅屋里。据说当年八岁的哥哥高兴得欢呼雀跃，说道："房屋再破，我也喜欢自己的家。"

来到人世四十年，他终于拥有了一千多平方米的土地、五十平方米的茅屋，成了这里的主人。他怀着帝王一般的心情，美滋滋地伸展开双腿睡下了。

进 村

搬家后的第二天，与昨日的和煦天气相反，刮起了寒冷干燥的强风，好像在试探他过田园生活的决心。三吉种完花木，在返回东京前，悄悄对女佣说道："反正是坚持不到一年的。"

昨日帮忙拉板车的几位先生今天又过来疏浚水井。他作为新迁来的主人，按迁居时的惯例，备了和纸礼帖两帖以及一些别人送的干货，去四五户左右邻舍家拜访寒暄。第二天，又在石山先生儿子的陪同下，拜访了这两日为他奔波的几位先生，表达了谢意。臼田君住在下祖师谷，离这里的小学不远。两位角田君的家较远，都在上祖师谷，而且是隔壁邻居。石山君的家和他的家则在粕谷。虽说大家都同住在千岁村，但是要串门还得走上一里多地。先要往下走到小溪环绕的水田处，再爬上可以望见富士山和甲武群山的丘原，然后沿着霜露融化的乡间小道行走，在刻有"江户古道"旧路牌的石碑处横穿过大路，再从栎树、榉树环抱的村庄走到麦田处，从寺庙门前走到村公所。

千岁村除上面提到的三个片区之外，还有船桥、回泽、八幡山、乌山、给田五个片区。后面两个片区在甲州大道旁，其余都离甲州大道南北一里多地，粕谷刚好地处中央。人口最多的是乌山，约有二百多户，最少的是八幡山，只有十九户，其次便是粕谷了，仅二十六户。其余片区大致在五六十户左右。这些信息都是石山君快要上小学高等科的儿子告诉他的。

三月一日这天，是村里祭祀五谷神的日子。其他地方在二月一日举行祭祀活动，千岁村则晚一个月举行。他拜访完以上几户人家后便回家换上了印有家徽的正式礼服，准备出席今天村里的会议，成为村中正式的一员。下午，他跟在石山君后面，到了今天的会场所在地，下田氏的家中。

下田氏家位于他与石山君家的途中，旁边稍高的堤坝里流淌着品川渠的河水，是玉川水道的一个小支流。下田氏是村议会议员，会场就在他家蚕房楼下。千岁村家家户户都养蚕，但有蚕房的人家屈指可数。会场的地板上铺着一层镶了边的草席，中间放了一个用榉木树根做的大火盆，已经到了十五六人。石山君向大家介绍道："这位是刚从东京迁来的某某，希望成为我们村中的一员。"

石山君的话音刚落，他便双膝跪坐在草席上，双手着地，郑重地向大家点头行礼。大家也都一一过来跟他寒暄、打招呼。由于有石山君的事先提醒，他还准备了一元酒水钱作为见面礼，大家也都感谢了他的心意，还众口一词地说粕谷只有二十六户人家，他能从东京来到村里是再好不过的事了。成员中，唯有一个身材高大、留着旧式发髻、眼睑浮肿的老大爷跟他寒暄道："欢迎先生大驾光临。"

过了一会儿，一位满面笑容、面带福相的六十多岁的老人走了进来。石山君将他介绍给了老人，告诉他此人是滨田组头。他只好又双膝跪坐，两手着地向他行礼寒暄。

会场上已经到了二十五六人，差不多全到齐了。满屋子的人有的抽烟，有的谈笑风生，还有人不停地触摸那个用榉木根做成的新火盆，七嘴八舌地赞叹不已。还有的人议论起了当下的米价，一位六十多岁、身材矮小瘦黑、语气幽默的老头儿回忆起了自己年轻时十分低廉的米价，边说还边用男中音哼起了小曲儿："俺和你呀、各有六合米，早早合起来呀，美满过一生（升）。"

石山君由于腰间肿痛，又坐在没有棉坐垫的地板上，有些苦不堪言，于是提议大家停止闲聊，进入议题。首先是拥军会的出资议题。邻村人有人应征入伍时，本村是否应该出资表示慰问。有人说没有必要为这等事出钱，有的说，如果不出，下次轮到我村有人入伍，邻村便也不会出资。讨论结果，决定还是出资慰问。

接下来的议题是选举村卫生委员、消防队长。他们抬出一张桌子来，用茶托盘当集票箱，由长着一个大喉结、嗓门洪亮的仁左卫门与绷着脸不爱说话的敬吉站起来宣布选举结果。滨田组头表示说他的儿子腿脚不好，要辞退消防队长一职。大伙儿都围拢在他周围，一个劲儿地说服他。

今日的议程到此便基本结束了，随后的一项重要事宜便是吃喝。他说自己刚搬进村，连行李都还没来得及打开，需要回家整理，便起身告辞，又远远地向在厨房里忙碌的几位年轻人点头致意后匆匆离开了。

没过多久，他便把户口从原籍地肥后苇北郡水俣迁至了东京府北多摩郡千岁村粕谷。小时候，他曾以自己出身武士家族而威风十足，可拿到户口簿一看，上面却写的是平民。其实，他曾经有一段时间在一户同姓人家中做过"免服兵役养子"[1]。不知何时，就变成了平民，而此前他却一直不知晓此事。在自己放弃士族称号之前，便被别人取消了，虽说这也不是什么大不了的事，但仍不免觉得遗憾。总之，现在的他已经不再是浪人武士的后裔了，当然也不是流浪汉，而是一位堂堂正正的东京府北多摩郡千岁村粕谷的良民某某了。

---

[1] 明治初期，继承家业的长子有免服兵役的规定。为逃避征兵，一些家庭便将二子、三子送给没有男嗣的家庭作形式上的养子，即"免服兵役养子"。

汲　水

　　离玉川太远，这是他的第一大失望，而当地的水质太差则是他当前最大的烦恼。

　　水井离厨房只有六步之遥，腐烂的麦草屋顶遮掩着通道和水井。井栏上窄下宽，铁辘轳已缺损，井绳常常滑脱，吊桶也仅有一只，吊桶绳的一端系在屋顶的柱子上。汲上来的水发出一股泥腥臭，放下拉钩一看，可能是枯水期的缘故吧，水深竟不到一尺。

　　搬家的第二天，教徒朋友们便过来帮忙疏浚井水，从井底掏出了许多废物、锅盖、旧毛巾、碗碟的碎片等等。水清澄了许多，水量也增多了一些。然而，汲起来的水仍然是混浊不堪的红泥水。即便他再怎么不在乎，也是没办法喝下去的，只好暂时借用邻居家的水井。然而，邻家的井水也比自家的红泥水好不了许多。打发女佣去墓地对面的人家讨水，女佣蹙着眉回来说道，看见那水井里全是垃圾和虫子。无奈，只好又去另一户邻居家借水，那家的儿子得意地吹嘘说自家的井水清得很，当年行军演习的军队路过时，喝了他家的水还赞不绝口呢。也许是这家儿子从小就习惯了喝这样的水吧，其实，他家的水也并非什么好水。

　　日常用水便将就着用自家的井水，可饮用水就不得不每日向邻居讨要了。

　　从家门往西约五百多米远，有一条叫品川渠的小河道，是玉川水道的一个支流，专门用于品川一带的水田灌溉。可是，附近的村民却常常在河里洗脸、洗尿布、刷马桶之类的。玉川的水可真没有想象的那么干净呀！作为家中唯一的男性，他主动承担了去河里提水的任务，他觉得只要一大早就去提水，河水便不会那么脏。他早晨一起床，便提着两个大桶，踏着霜露覆盖的小道直奔河水而去。来到河边，他先洗洗脸、光着胳膊用冷水擦洗身体。当时，日俄战争的余火尚未熄灭，村里的年轻人一大早就扛着击剑防护面罩去训练，归来时见到他便寒暄道："河水很冰凉吧？"

他擦洗完身体，穿上衣服后，将两个水桶咕嘟咕嘟浸在河里，满满地灌上水，提起来便一路小跑开来。跑到一百米左右就有些吃不消了，只好放下水桶歇息，腰部以下的衣服全都湿透了，水桶里的水也少了三成多。接下来便是五十米一歇息，五十米一歇息，好不容易提到厨房时，水桶里的水差不多就只剩下五六成了。两只手臂像是脱落了一般麻木。如此这般提回来的水，在妻子、女佣眼里简直就是琼浆玉液，滴滴珍惜使用。

由于提水，他手臂疼痛难忍。一次去东京时，便顺便在涩谷的道玄坂买了一根扁担。那天他穿着一条方便干活的紧腿裤，衣服下摆掖在腰带上，肩上扛着根扁担。恰巧这时，他遇见了山路爱山[1]。看着他这身打扮，山路君露出怪异的神情笑着说道："好呀，理想终于实现了。"

第二天一早，他便用买回来的扁担一前一后挂上提桶和铁水桶出门挑水去了，满脸胡子的他就像是一个专挑海水制盐的挑夫。挑水确实比提水要轻松多了，然而，腰和肩都无从适

---

[1]　山路爱山（1864-1917），明治时代著名记者、评论家。

应，完全不听使唤。把扁担放在肩上，刚一站起身，腰就开始打闪，膝盖也好像要被折断一般，身子开始晃动起来。铆足劲，站稳脚跟，那扁担便毫不留情地压在了肩上，五尺多长的身躯像被钉子钉在地上一般动弹不得。咬紧牙关，跟跟跄跄地迈出步子，走了十五六步，就喘得透不过气来，实在难于支撑，便又只好放下担子。与其说是放下了担子，不如说是屁股快要着地一般撂下了担子。不，是担子掉了下来。水桶从肩上滑落，那宝贵的水也溅了一地。好不容易放下的担子，一旦要重新挑起来，则是更加费力的事。终于挑了二百米左右，下着霜雾的清晨，天气如同下雪天一样寒冷，挑着水的他却汗流浃背，喘着粗气，心脏跳得好似撞钟一般。从脊椎到后背像是患了僵硬症一样，一阵阵发烫，眼前一片黑暗，脑袋昏昏沉沉。把水放到厨房后，好像失了魂一样，半晌都说不出话来。

右肩马上就肿了起来。第二天，换成用左肩挑，虽然有些不好使，但比起用肿痛的右肩要好得多。可没想到左肩也肿了起来。明天的水该怎么办呀？睡梦中都感觉肩膀在疼痛，一想到第二天还得挑水，就恨不得天不要亮。妻子于心不忍，给他做了一个棉肩垫。他把肩垫放在扁担下面，挑起水来倒也轻松了些许。不过仍旧苦不堪言，如此这样的田园生活让人受不了。他不免开始牢骚满腹："谁让你白讨苦吃，又得不到谁的表扬，何苦非要干这事不可？"然而，家里缺水时，他仍不得不愁眉苦脸地去挑水。日复一日，渐渐地他开始习惯起来，肩膀虽然疼痛，但已经结了趼，肩腰也慢慢有了力气，身体变得平衡，桶里的水也不再大量溢出了。昨天挑回家八成，今天挑回了九成，一天一天，看着自己的进步倒也其乐无穷。

然而，终究不能每天去河里挑水度日。一个月后，他终于决定花大力气疏浚家里的水井。先从红土挖到黑黑的黏土层，又从黏土层挖到沙石层，足足挖了一丈多深。无色透明、无臭无异味的水终于涌出来了。靠在井栏边，听那潺潺清水从水底的两三处出水口涌出，想到再也不会为每日挑水而犯愁了，心中不由得一阵喜悦，同时也怀念起那段挑水的日子。

往事杂记

一

搬家时，临时跟着过来帮忙的女佣半个月后便回东京了。夫妇两人相依为命，过起了真正的田园生活。

嫁给他这个没出息的丈夫，妻子也习惯了没有女佣的贫穷生活。对于热爱自然的她来说，田园生活也不完全只有痛苦，只是有洁癖的她对于周围不干净的环境颇感烦恼。他家的近旁是墓地和杂木林，有人烟的邻居最近的也在百米之外。刚搬来时，年迈的叔母有事来访，对他们说："这地儿可不能让年轻妇女独自待在家中呀。"即便如此，他的妻子有时仍不得不独自留在家中。墓地的对面以前曾经是赌徒们的聚集地，虽然现在已经不存在了，但据说当时有许多流氓无赖出没。一次，他有事外出住了一宿，第二天傍晚回来时，听见挡雨窗外有个男子用调戏的口气喊道："晚上好呀。""晚上好。"他回答道。挡雨窗外的男子知道家里的主人昨晚不在家，但却不知道主人今晚已经回来了。于是，惊慌失措地改变了腔调，故意问道："请问宫前的阿广家怎么走啊？"他心想，宫前的阿广家不是你等经常聚集之处吗？他忍住怒气，佯装不知，还热情地回答道："阿广家呀，沿着墓地一直往前走就到了。"那家伙说道："知道了，谢谢！"他说不定还自以为得计，在窗外得意地吐舌头呢。

敞开家门，不回避他人，亲近大自然的生活，有时也难免遭遇种种可怕的事。有一次，他正背对着回廊读书，身后突然传来"咚"的一声，回头一看，是一条大青蛇，缠在茅屋顶的竹竿上脱皮时，不小心掉了下来。假如他再靠近回廊一尺，那条蛇说不定就不偏不倚地砸在他的头上了。

人烟稀少的武藏野，即便是樱花盛开的季节，仍令人感到寒气浸肤。家中的毛坯墙脱落得斑斑驳驳，风透过地板不停地吹来，隔扇门也没几扇，只靠火盆里的火根本无法御寒。农家的冬天，大火盆便是命根子，可以说家中的一切生活琐事都是围在火盆旁进行的。那火盆中的火苗，悬挂在火盆上的铁锅，一直就是他们憧憬田园生活的诱因。然而，他所拥有的这不足五十平方米的茅屋里，小小的火盆嵌在不足四平方米的板房地板上，周围窄得连三个人都坐不下。破墙壁抵挡不住北风的渗透。更可怕的是茅屋低矮，而火盆又高，稍不留神便会引发火灾。忍耐了一个月后，他终于将那不中用的火盆扔掉了。后来，又拜托木匠老住户等人从东京代代木新町的旧家具店买回两三扇隔扇门，放在运粪肥的车上拉回来，费了好大的劲才勉强安装好。隔壁六张榻榻米房间的屋顶是用旧芦苇帘子做成的，满是灰尘，一遇下雨天，雨水从屋顶腐烂的茅草上漏进来，浊黄的雨滴便滴滴答答地掉在榻榻米上。请修理屋顶的工匠修了好几次都不起作用，遇到大雨时，家里的脸盆、水桶、旧报纸等全都得用来接雨。

最令人头疼的是风。虽说有三根粗铁丝将茅屋牢牢地绑在栎树上，风再大也应该没有问题，可实际上风吹来时的那股猛劲儿却非同一般。茅屋的西南面除了那棵橡树之外，没别的树木，南风、西风不受任何阻挡，长驱直入地刮来。虽说被铁丝紧紧地绑着，但每遇大风时，小小的茅屋便像害怕似的全身颤抖，地板也像小船渡过富士川湍急的水流时一般上下震动。加之，橡树下方是一片麦田，人们常说武藏野的泥土很轻，经不起风吹。风一刮来，茶褐色的泥土便如云烟翻卷。前一年，他坐船经过苏伊士运河时，夹带着黄沙的风竟然吹进了船舱，令他大为惊讶。相比之下，武藏野的夹带着泥土的狂风也毫不逊色。从远处望去，好似大火燃烧时的烟雾一般。风一刮来，眼、鼻、嘴里全是泥沙，连壁柜、衣柜、抽屉里也满是尘土。走在榻榻米上，一步一个白色的脚印，简直就像是把田搬进了家里。

> 厌倦城市变尘世，
> 无奈田舍亦多泥。

这是他在饱尝风沙之苦后作的一首泄愤的诗句。狂风劲吹、尘土飞扬、霜寒袭人、水质污浊，一切皆不尽如人意。妻子的手脚马上便出了问题，皲裂，还生了冻疮，涂上橄榄油、甘油仍不能止血。男主人的脚掌也像鲨鱼颌一般裂了好几道口。面对如此残酷的现实，跟随他来到这龙潭虎穴的糟糠之妻有时也不免落下泪来。偶尔来家玩的姑娘们了解妻子在东京时悠闲的生活状况，也都无比感慨她这般沦落的惨状。难怪妻子会一边在厨房洗碗，一边抽泣不已。

二

茅屋的男主人却正相反，他充满兴奋，丝毫没有沦落之感，反而扬扬得意。他首先从宫益的兴农园买来了长柄锄头、斧锹、除草锄、钉耙、铁铲、割草镰刀、砍柴镰刀等种种务农工具，以及诸种园艺书籍，还有种子、秧苗，应有尽有。一千多平方米的土地，除去住宅用地、杉木林、栎树林，实际的耕地面积只有九百多平方米，全都种的大麦、小麦。要说空地，便只有田地中央的一块不足一百平方米的土地，上面还长满了枯瘦的桑树和枯茅。他的第一项工作就是除草了。他嫌锄头太重，选用了较轻的铁锹，漫不经心地堆了垄，既没施底肥，也不问季节便种下了胡萝卜和水萝卜。附近的年轻人见了无不瞠目结舌，无法理解这位东京农民的做法。那片麦田原来是属于墓地对面那个赌徒窝的，他买了其中的一部分，把看不顺眼的青麦苗一并拔掉。他钟爱水果，便种上了自己喜欢的水蜜桃树，还向路过的农民请教，学会了用棕榈绳打绳结的方法，在田间扎起了篱笆。为了防止大风，还在四周种下了杉苗，作为树篱。一方面是有必要，另一方面也是出于兴趣，他干起了所有的杂活。总之，他欣然接受一切的麻烦和体力活。

在离他家一里地远的塚户，有一家米店，老板听说他是新来的，便备了礼帖过来推销生意。他没想到，好不容易才逃出了东京的那一套，现在却又有人重复东京的做法，这令他十分不快。

稍稍干点活，便觉得自己学到了相当多的东西；稍稍接触点赃物，便觉得自己谦逊了许多；随意应酬一下他人，便觉得自己更加热爱别人了。总而言之，新生活虽无美酒相伴，他却陶醉其间，一本正经地尝试各种新鲜事。在东京时他就喜欢园艺，早已习惯了浇粪灌尿等事，到乡下以后，他便毫不犹豫地挑起了粪桶。刚开始，他爱穿一件没有袖饰的西服，腰间系一根红豆色皮带，这根皮带还是前几年在神田的十文字商店购买六连发的手枪时顺便买的子弹带。那把手枪已经在明治三十八年十二月日俄战争结束时放在院中的石头上，用铁锤砸碎了。当时外面响着满洲军总司令部凯旋的礼炮，他便发誓今后绝不带防身的武器了。

那套西服，其实也是有来历的。是明治三十六年他在日阴町花了七元钱买的一套微微泛白的棉哗叽西服。穿着这套衣服，他去了北海道，又穿着这套衣服冒死登了富士山。从巴勒斯坦到俄国时，在托尔斯泰的家中也是替换着穿的这件衣服和另一件夹袄。在西伯利亚的火车上脱来脱去的仍是这唯一一件好西服，连同车厢的那两位毫不在乎他的俄国大尉和工程师也都瞪大了眼睛，对这件西服表示出惊讶与欣赏的样子。当他穿着这身传奇的西服从甲州街上买了新粪桶，用一根青竹扁担挑着回来时，聚集在八幡的村民们都哄堂大笑。刚搬来不久的一个下雪天，年迈的叔母从东京来访，回去时，因路不好走，他便穿着这身西服，跟在车后帮忙推车，一直把叔母送到甲州大道上。一路上，孩子们见了他那模样都大声起哄，这套西服完全成了被嘲笑的对象。有一次，他还穿着这西服，带着大檐草帽去户塚买醋，路过小学校时，孩子们都挤在门口，像发现什么怪物一般带着奇异的目光看着他。他喜欢的食物中，有一样是豆腐渣酱汤，他也曾穿着这西服，手拿滤酱筛子，去村里的豆腐店买五厘钱的豆渣。无论怎么胆大厉害的人，见到蓄着胡子、戴着眼镜、身着洋装的他都会敬畏三分。刚来村里时，村里人见到东京人都很好奇。妻子外出时，附近的女孩子们都会不吝惜口舌地尖叫着大声嚷嚷："娘，快出来看呀，搬到粗谷阿仙的小老婆住过的屋子里的那个东京人的太太走过来了。"

从东京来的访客也不少，报纸杂志的记者常来采访他的田园生活。学生们则半是郊游，半是参观，还有来邀请他演讲的绅士。有时他正在田里劳动，见到衣冠楚楚的东京绅士来访，他便会露出得意之色。那些绅士恭恭敬敬地向他致意寒暄时，如遇村民在场，他便会更加得意扬扬。他喜欢不客气地教训那些来访者。当然，那种态度里面不乏自我表演的成分，也有故意炫耀的成分。置身于浮华中时，向往淡泊，身在淡泊中，却又追求浮华。有一段时间，他自己都不明白，到底是为自己过的田园生活，还是为演戏给别人看的田园生活。站在小茅屋窗外的檐廊下，眺望田野，仿佛是站在本乡剧场的舞台上扫视观众席一般，有时，他会情不自禁地哑然失笑。然而，他片刻也不曾忘记自己的初衷，他做农民，是出于自己的喜好和兴趣。作为作家，自己的天职是多见多闻，多想多写。

从他家往西四里地，是府中町。某日，他去那里登记购买的地产和家产，回家途中，同行的石山君邀请他去调布町拜访一位原基督教徒。这位原基督教徒是个老头儿，他们闲谈了一会儿，石山君便提到了他刚搬进村一事。老头子惊讶地打量了他好半天，说道，住在乡间固然好，但要养家糊口并非易事，村公所的文书一职一般都无空职。老头子的言下之意是说他会给村里的教徒添麻烦。他听了此番言辞，心中怒火万丈，心想，你别小瞧我，不是夸口，我好歹也是文坛小有名气之人。但他还是强忍住怒火，俯首听完了老头儿的教训。

他家的小茅屋阳光充足，先前木匠小妾居住此地时，村民们就喜欢上她家聚集，现在这个习惯仍未改变。每到休息日，村里的年轻人、妇女孩童都好奇地来他家玩。一次，妻子问起一个小女孩家中的情况，不料，小女孩马上挺起胸膛，得意地回答道："我家是财主呢。"在他们眼里，这家人不过就是从东京来到的贫穷之辈，而今好不容易住进了木匠小妾的旧宅。的确，无论夫妻俩怎样地神气，如今也不过是从东京来的穷人。好在他俩能写字，备受村民器重。他与妻子常常代人写书信，作为回报，村民们也送他们几根腌萝卜、几把小松菜之类的，夫妻两人倒是感激涕零。还常常有人请他教英语，劝他妻子学裁缝的。一位从上州的缝纫店嫁到此乡下的老婆婆或许是出于同病相怜，对刚来的这两位徒有虚名的农民十分同情，有时给他们送种子，有时送蔬菜，有时劝告他们养蚕，对他俩关怀备至。

三

他经常去东京。然而，搬来乡下的第一年，他连甲州大道上有人力车这事儿都不知道，也很少乘坐从调布到新宿的马车。迁至千岁村不久，玉川铁路涩谷至玉川一段便通车了，但夫妇俩连电车也很少利用。认为乡下人就应该像个乡下人，坚持徒步主义。他与妻子经常穿着低、高齿木屐或草鞋，徒步往返三里路程。常常是一大早出发，一边嚼着米饭团，一边行走，晚上则打着灯笼回家。有时走到东京丸之内三菱原前，会背对着砖瓦大楼，伸开双脚坐在草地上，悠闲地吃饭团，这令他无比地惬意。

他喜欢向城里人炫耀乡下，随时都穿一件平时在家干活时穿的衣服去东京，或挑着两只每根重四公斤的大竹笋，或在途中摘些野玫瑰、野茉莉、野菊、芒花等作为礼物送给亲戚。亲戚家的女孩们也偶尔来乡下玩，她们洗洗甘薯，用露天炉灶做做饭，感到十分新鲜有趣。不过，当她们在东京自己家中的玄关外送那位把衣襟扎在裤腰上、背着沉沉的行李出门的乡下叔父时，作为城里的女孩，即便是平民家的女孩，她们也面露出羞涩和难为情的表情。

他在向城里人炫耀乡下时，却并没有向乡下人炫耀城里，而是尽量向乡下人表露自己的乡土情怀。他藏起自己的棱角，努力与乡下人同化。他积极参加村里的所有集会。别人喝劣质酒时，他就吃下酒用的咸菜；参加葬礼时，他就手举写着"诸行无常"的小旗给死者送行。轮到他值日的那个月，就挨家挨户地去征集慰问军队的份子钱，然后统一上缴到村公所。每到礼拜日，还去村里的教堂祈祷，听一位有点耳聋的牧师布道。这位牧师是他刚进村不久便被聘用来的。他还推着板车去甲州大道买竹子，村民搭建蘑菇房时，他去帮忙修屋顶。他对都市来客仍然严加训斥，却对乡间来客笑脸相迎，对谁都恭恭敬敬，有时还机灵地听人使唤。

"误入歧途"的妻子也会在露天炉灶前铺开炭包，坐下来一边用收集起来的落叶当柴火做麦饭，一边忙里偷闲地读书。丈夫表扬她越来越有长进了。

他总是抱怨茅屋离玉川太远，令他失望，但水井的水变清澈了，使他宽慰了不少。别的农家每日都烧水洗澡，他们也尽量仿效。刚搬来时是冬天，他们把澡盆建在了泥土地面的房间，往澡盆里提水，十分麻烦，所以他俩便一个星期也不换水，洗了又烧，烧了又洗，差不多到第五天时，澡盆里的水便比外面澡堂子里洗剩下的水还臭，盆底也变得滑溜溜的。即便如此，他也仍然坚持洗下去，还笑着安慰自己说，洗总比不洗好。到了夏天，他们便将澡盆搭建在屋外，离水井近了，可以每天换干净的水。蓝天下，在井边沈澡真是其乐无穷。有时，悠悠沐浴在四周虫鸣不绝的月夜，那份田园的乐趣令他陶醉不已。"沐浴月光下，夏虫为我鸣。"遇到下雨天，他便打起伞，或戴上游泳帽洗澡，暑假里来乡间小住的女孩子们也学着他的样子，咯咯笑着跳进撑着伞的澡盆。

四

夫妻俩从东京搬来这里时，麦苗才六七寸高，云雀的歌声也尚不欢快。透过光秃秃的杂木林枝梢，可以望见富士雪白峰顶的武藏野。从光秃一片到生出嫩叶，从嫩叶到长成绿叶，从绿叶到五彩斑斓、花团锦簇的秋景，这一月一月、一日一日变化无穷的情趣，如同一幅画卷展现在这对刚刚在乡间安定下来的夫妇面前，他们俩开始慢慢走近了周围的自然与人。

严寒将至，为了御寒，夫妻俩竭尽全力准备过冬的设备，在堂屋的东面和北面各扩建了一间耳房，用作仓库、女佣房、柴房和食堂。在茅屋外面新建了小浴室，将井栏换成了栗木做的四角方井栏。又新置了一千三百多平方米的农田，虽然与茅屋的简陋极不相称，还是在四周栽种了大量的观赏木。从夏天到晚秋，还断断续续请了个小女佣。十月末，八十六岁的老父与七十九岁的老母来到这不孝儿子的居所时，夫妇俩提前一天请哑巴少年用带树皮的栗树做了两根门柱，以示对老父母的欢迎之情。虽然浴室暂时还不能用柴火烧水，但十月二十五日那天正好是他的生日，便权当新浴室的落成日，由他的老父为他题写了"日日新"的门匾。

日月如梭，在千岁村的头一年便这般艰苦地匆匆逝去了。而今的生活虽依旧艰辛，但他深深地领悟到了愉快寓于努力的过程中，生命寓于对希望的追求中，幸福寓于心灵的淡泊中，感谢寓于生活的清贫中。这开头的一年，虽然如浅滩弄潮，缺乏深意，且充满稚气与炫耀，但他依旧无限地感激将他引领到这片土地，过上这般生活的那双神圣之手。

年过四十，他第一次脚踏大地，开始了真正的人生。

草叶的私语

百草园

　　红百合般的萱草花盛开在田埂的时节，某日，太田君从东京翩然到访。两人闲聊了一会儿，主人便邀他去百草园看看。听说百草园离府中不远，而从他家到府中只有四里地，又是熟路。看看表，正好十一点，时间也许晚了点儿，但夏日白昼天长，于是两人决定还是去，便提前吃了午饭，出发了。

　　大麦小麦都已收割完毕，田间地里、森林里无不绿意盎然。绿草绿树间，白色的甲州大道向西一直延伸到西边的山里。两人迈着轻快的步伐，边走边聊。太田君身着蓝底碎白花纹的单衣，脚跂木屐，手上夹着一把旧阳伞。作为主人的他，照例穿着那套不带袖饰边的西服，束着那根小豆色皮带，腰间还掖着根毛巾，头上则戴着麦秆帽，光脚上套了双皱巴巴的茶色运动鞋。两人匆匆地走着。太田君曾经是位社会主义者，为了宣传他们的主张，曾拉着板车，装载着平民社出版的书籍到日本各地漫游，腿脚十分强健。而他虽然喜欢走路，但足力虚弱，一天若是走上十里，第二天就受不了。冒着暑热，两人一边迈开大步行走，一边不停地擦拭着额头的汗水。

终于到达了府中。府中大国魂神社内的千年银杏、榉树、杉树郁郁葱葱。从神社旁边向南而行，沿着苗田间的石子路走了半里地便来到了玉川的河滩，这一带叫分倍河原，是昔日新田义贞大破镰仓北条氏军的古战场。在渡口乘船渡过玉川河后，又走了一公里路程。沿河东南走向的一脉低矮的山峦，仿佛是为玉川筑起的一道长堤，登上其中唯一的小山丘，便到了百草园。这里曾经是松莲寺的遗址，现今是横滨某氏的别墅。园内有栋草葺的茶室，也可用餐和住宿。登上离茶室不远的小山坡，大树蔽日之处有一绝佳的瞭望台。他俩请人在地板上铺上草席后，便坐下来擦汗喝茶，一边吃着点心，一边眺望着美景。

都说此地是东京近郊无与伦比的瞭望台，此话一点不假。只是天公不作美，原野上空一片阴云，不但望不到筑波、野州、上州的山峦，连附近的秩父山以及东京的影子都看不见。倒是脚下的玉川河轻波粼粼，由西北向东南流淌着。从玉川河流域到"比黄昏中骤雨的天空还宽广"的武藏野平原一带，呈现出大自然浓淡相间的绿色。河滩以及人工修建的道路、房屋都出现在一幅略带灰色的大鸟瞰图中，清晰地展现在两人的眼前。"真是好景致啊！"两人赞不绝口，陶醉其间。

过了一会儿，不知不觉中绿色的武藏野上空突然布满了荫翳。两人都没戴手表，还以为是暮色临近了。饱含水汽的凉风嗖嗖拂面，令人忘记了暑热。远远望去，玉川河上游、青梅一带的天空卷起了一团团墨色的乌云。

"没准儿要下骤雨了。"

"是呀，是要下雨啦。"

两人留下茶点钱后，匆忙下山。太田君说要去日野车站，从那里乘火车回东京。到日野还有一里多路，两人便在山脚下分手了。

"再见！"

"再见！"

他望着太田君的背影拐过某家珊瑚树的篱笆，消失了。

剩下的他怀着寂寞的心情，眼睛斜睨着西北的天空，向渡船方向走去。河面上空涌动的黑云，顺着玉川河水向东南涌来。随着他的脚步，天空也越来越暗沉下来。他加快了步伐，而流动的行云却比他的步履还要快。当他过了一宫渡口，来到分倍河原时，天空已黑沉沉一片。北面传来的殷殷雷鸣，如同敲响了进攻的战鼓。农夫们慌忙收拾着晒在外边的麦子，从府中过来的粪肥车前拉后推，嗨嗨地高喊着号子，急着往家赶。

眼看着大雨就要降临了，"太田君走到何处了呢？"他一边想起了太田君，一边默默地赶着路。

到了府中，天色已一片漆黑。其实时间并不太晚，但天空黑暗，街上便已经燃起了灯火。一滴、两滴，骤雨下了起来。一瞬间，他思忖着是否要在此地避雨，然而，他的心却早已飞到远离此地四里的家中了。他到一家商店里买了一块用麻草编织的遮雨布披在身上，又取下挂在腰间的毛巾，从草帽上紧紧把脸裹起来，然后，迈起早已僵硬的双腿，鼓起勇气急速往家赶。刚走出府中，追赶过来的黑云便在他的头顶上炸裂了。突然间，仿佛天上的水槽漏底了一般，大雨如瀑布般倾泻而下。一道紫色电光闪过，头顶上瞬间就像火药库爆炸一般响起了一阵剧烈的雷鸣。他吓呆了，本能地奔跑起来，但又一想，反正是难以冲出这雷雨的重围，只能听天由命了，就又放慢了脚步。这一带前不着村，后不着店，连一户可以避雨的人家都没有，路上也不见其他行人，唯有他一人在雨中行走。

雨刚刚下得小了一些，但立刻又哗哗地降起了一阵滂沱大雨。他头上用毛巾包裹着的草帽四周，形成了一圈小瀑布，遮雨布完全无济于事，他的全身被淋透了，衣服口袋和鞋子里都浸满了雨水，他像在水中游泳似的赶着路。紫红色的雷电一阵接一阵地闪烁，细麻绳般的雨柱从昏黑的天空中洒落下来，被闪电照得白晃晃的。眼看着隆隆雷声似乎远去，谁知又劈头盖脸地袭来，像同时响起的一片爆竹声，噼里啪啦在头顶上炸开。又如同是一根长长的皮鞭朝着他甩过来，发出震耳的响声。每一阵雷声都惊得他不由自主地停住脚步。听这雷声，终究是非落下不可的样子。方才他就在想，可能要落雷，现在他感到这雷是必落无疑的，而且肯定会落到自己头上。这一带，这路上唯一运动着的生命体就是他一人了。假如雷一定要落在生灵身上的话，那就只能落在他的身上。此时此刻，如果有人注定要被雷击死的话，那么此人就非他莫属了。他意识到了自己必死无疑，但他舍不得这条命，眼前浮现出在两里外家中妻子的面影。他又如闪电般迅速回顾了自己的人生。这是一个不美满的半生，对妻子的种种负疚感涌上心头，犹如用朱笔清清楚楚地写着一般。他又想到了自己被雷劈死之后，留下来的人的命运。"必须一个人死去，一个人活下来。"《圣经》里这句可怕的宣判突然闪现在他的脑海里。他想要反抗，但又明白这反抗是徒劳的。雷鸣声一次比一次剧烈，他每次都不抱希望地想这次肯定会掉在自己头上。他这样想着，反而内心平静了许多，他的心中充满了对自己、对妻子、对一切生灵的怜悯之情。他的眼镜变得模糊了，并非因为雨雾。就这样，暮色中他伴着雷电走了两里路程。

到达调布町时，雷声已从他的头上掠过，响彻在东京上空。雨也小了下来，随后便完全停歇了。原以为已近日暮，但夕阳却放射出银白的光亮。在调布町的大街上，五六人一边瞧着地面，一边在吵吵嚷嚷地议论着什么。或许是落雷了吧，地面上冒着烟雾。一位主妇站在门口向对门的主妇诉说道："我刚跑去收衣服，谁知道那雷声响了起来，我一下子躲进了柴房，都不敢出来了。"

雷雨已经过去，他感到不再有危险了。如此一想，便骤然觉得一阵剧烈的疲劳袭来。湿漉漉的西服又冷又沉，紧贴身上。双脚疼痛不堪，腹中饥饿难当。他拖着沉重的双腿，一步一步地挪动着前行，快到泷坂时，夏日漫长的白昼终于罩上了暮色。雨虽停了，但东北边的天空中仍时时闪耀着电光。

走到离家六七百米远时，忽然望见前方站着一个白影，原来是妻子。妻子正带着狗出来迎接他，妻子说，都这么晚了还不回家，还以为你被刚才的雷劈到了呢。

第三天的报纸上有消息说，就在他那天去的玉川河下游，雷电击中了一艘小船，站在船头的男子当场死亡，而船尾的男子却安然无恙。

"必须一个人死去，一个人活下来。"《圣经》里的这句话又浮现在了他的脑海里。

夜来香

在他成为村民的那一年，他在玉川的河滩上摘来一株夜来香，随便栽在院中，而今已长成一片。近来，十几株夜来香每日夜里至少开出七八十朵花，仿佛是月亮坠落在黄昏的庭院中。

夜来香并非招人喜爱的花，尤其是在白昼里，前日夜间开过的凋萎的赭红花朵眷念在枝头的那副颓然的模样，确实不值观赏。然而，它开在墨染的夕暮中，那冷艳明净的黄，清淡幽然的香，犹如圣女一般，与夏日的黄昏十分相称。那花瓣一片一片绽放时的低吟，听起来也趣味无穷。夕暮中，当你怀着幽思、踽踽独行时，目光偶尔会与那默默绽放的夜来香不期而遇，此时的你能不心跳吗？它原本不是薄情的花啊！

一个八九岁的弱小男孩，每天从城郊的家出发，沿着河边的沙路，走一里地去上学读书。途中的一段必经之路，一边是古代的刑场，一边是一片墓地。刑场上如今只留下一座已废弃不用的黑色绞刑台，另有一间乞丐贱民住的小破屋。一到黄昏，破屋里就会点起朦胧的灯火。另一边的墓地上，新坟旧坟累累并列。自初夏以来，墓地的沙土上就开着一大片夜来香。白天经过时，小男孩常常看到昨夜盛开的花朵变成了枯萎的赭红死骸。若从学校晚归，便又常常觉得夜来香似乎睁着黄色的眼睛从昏暗的墓地石碑与土堆之间窥视着他。于他而言，这夜来香早就是死亡之花了。

在墓地的一角，有他外甥的墓。外甥其实只比他小一岁，六岁的舅舅与五岁的外甥常常在一起玩。有一次，舅舅将一支笔杆拿给外甥，命令他衔在嘴里像狗一样摇头，顺从的外甥按命令摇了两三下，舅舅还嫌不够，强迫他再摇，外甥不愿意。舅舅狠狠地瞪着外甥，拿起笔杆猛地朝外甥的脸上戳去，外甥哇地哭了起来。就是这位外甥，后来患了腹膜炎，第二年元旦那天，病死在医院里。他是在喝着屠苏酒，庆祝新年的宴席上听到这一噩耗的。作为舅舅，他心里很不是滋味，也就是在那时，他有生以来第一次隐隐感觉到了"Remorse"[1]。

墓地的一边面临大河，另一边靠近大河的支流，外甥便葬在支流的附近。外甥走后的两三年，他开始上小学，某一烈日炎炎的正午，与两三个小伙伴去支流游泳，他带着自豪的神情告诉他们，自己外甥的墓地就在那里。他还领着小伙伴们替外甥扫了墓，几个光条条的男孩摘来几株凋萎的夜来香，插在小墓碑前的沙地里，在外甥的墓前轮番跪拜。

而今，从这夜来香里，他仿佛看见了如梦幻般的往昔。

碧色的花

他对色彩十分多情，然而，当问及钟爱的颜色时，便又不知如何作答。

鼠灰可作墓地，冬杉色适合作外套；落叶松的嫩绿令人想起十四五岁的少年，带紫的土黑色仿佛饱吸了春雨，樱桃红则似少女的脸颊，还有枇杷香蕉的暖黄，柠檬夜来香的冷黄；蓝宝石让人想起飞鱼闪着银色的翅膀在热带海洋里飞跃，绿玉

---

[1] remorse，英语。悔恨，自责之意。

则似时而在水面漂着红叶，时而在水中映照出万千光芒的山间清流；海葵色泽淡红，花瓣在海岩的水波里上下漂浮，红蔷薇和红芥子的绯红胜过红色的天鹅绒。狐色如同寒风中霜枯的田野；绿茶色犹如春天乐伶莺哥的衣装，鸽灰色是和平大家庭的色调；紫色属于高山的黄昏，或蕴涵于圣洁的僧衣和水晶中；白色则见于水中浪花、初秋云朵、山野霜雪，还有大理石、白桦树以及北极熊的衣饰。以上种种，数不胜数，凡是颜色，他都喜爱。

然而，假若非得让他择其一的话，那么他要选择碧色，尤其是浓郁的碧色。从春日野外三尺小溪中若有若无的浅碧，到密云蔽日的深山幽谷中潭水的青碧，凡是碧色，所有色阶的碧他都喜欢，其中，那鲜艳欲滴的浓郁的碧色最能震撼他的心灵。

对于高山植物中的花卉，他不敢妄加评论。但是，在庭园的花、野外的花以及普通的山花之中，碧色的花并不少见。西洋花草中，山梗花、千代草就具有美丽的碧色，春龙胆或被称作"勿忘草"的琉璃草，其碧色的花朵亦可爱动人。紫阳花、蝴蝶花、菖蒲花，碧色虽不算纯净，但也值得一观。另外，还有秋天里的龙胆。一位身着牧师服装的诗人曾经到他村里来玩，在路边摘下一只龙胆花，诗人熟视良久后，突然吐出一句颇有情趣的句子来："一片碧空落下来。"

晨露滋润的牵牛花，其主色调便是碧色。夏天的花草中还有被称为"矢车菊"的碧芙蓉，此花是外国品种，尚未适应日本的土壤，其轻盈的体态，天空般碧蓝的色彩，不愧是充满凉意的夏日之花。碧芙蓉如同其英文名"Corn Flower"那样，与其开放在庭院中，不如盛开在麦田里，与金黄的麦苗交相辉映时尤为美丽。

七年前的六月三十日，一大早，他从俄国中部的茨克诺车站换乘农民的马车，前往托尔斯泰居住的雅斯纳亚·波里亚纳，沿途见到一片滋润在朝露中的麦田，即将收割的麦苗中盛开着一朵朵天蓝色的碧芙蓉。他因路途睡眠不足而疲惫，又因能很快见到托翁而亢奋，双眼像患了高热病一般。然而，当他见到那天蓝色的花朵时，感到了一种不可思议的宁静。

夏日里，还有千鸟草。千鸟草又名"飞燕草"，叶子像胡萝卜缨一样，花朵像鸟儿飞翔，似千鸟，又似飞燕。庭园中栽培的有白色、桃红，还有桃红中带紫色花纹的，但野生的便好像只有浓碧色一种了。浓郁的碧褪去后，变成紫罗兰色，再变成浅紫色。提及千鸟草，眼前便马上浮现出赤塔高原。明治三十九年，从俄国归国途中，七月下旬，离开莫斯科，在伊尔库茨克乘坐东清铁路火车，从莫斯科出发后的第十天，便经过赤塔。离开故乡仅四个月，然而，火车越过乌拉尔山往东行驶后，突然感觉跑不快了。在伊尔库茨克换车时，车厢乘务员中有个中国男侍，这令他倍感亲切。从伊尔库茨克开始，每一站都上来许多中国人，尤其是赤塔，中国人更多，让他感觉到离中国东北近了。火车从贝加尔湖一路上坡，到了赤塔便开始下坡。下坡时车速快，心情也愉悦多了。凭窗望去，眼前呈现出一片浓郁的碧色，不是在天上，而是在地面。是野生的千鸟草！他不由得探出头去，左右环顾。铁路两旁，荒无人烟的山坡上开满了碧色的花，那耀眼的浓碧的花朵，有的已经绽放，有的稍稍凋谢，泛出微微的紫色，有的正含苞待放。千枝万朵，数不胜数的碧芙蓉迎送着来往的列车。凭窗而立的他神情恍惚，陶醉在这片碧色中。

在所有的碧色花草中，他不知道还有什么能胜过露草的纯美了。露草，又名月草、萤草、鸭跖草。其花姿虽不值一看，花瓣也只有两片，称不上是完美的花，倒像是被顽童揪掉的碎片，又像是碧色的小蝴蝶停歇在草叶上。这种花，花期极短，有如露珠般，瞬息即逝。然而，在浮着金粉般的黄色花蕊映衬下，晶莹剔透地绽放着的花朵，那清纯的碧色却美得无与伦比。或许把露草视为花，本来就是个错误吧。那不是花，而是用色彩表现出的露的精灵。那脆弱、短暂、色彩美丽的身姿，正是人间一刹那间能看到的上天的模样。

在荒郊野外，在地藏菩萨石像的脚边，在各种无名花草中，露草沐浴着朝露，鲜亮夺目地绽放着。看着它，便令人情不自禁地想借用先前那位诗人赞美龙胆花的句子来赞美它："露草呀，你自碧空滴落成珠，你晶莹的露色，宛如碧空再现大地，你便是这人间的天之花！"

"加利利人哪，你们为什么站着望天呢？"[1]我等只是仰望青空，却不知无意中践踏了脚边盛开的露草。

碧色的花草中，唯露草最为纯美。

月色朦胧

早早吃罢晚饭，趁着晚凉，他开始除草。天色朦胧，蚊子

---

[1] 出自圣经《使徒行传》。

嗡嗡出没，他洗完手脚，在廊缘边坐了下来。这时，突然从门口闪进一个白影，他走近一看，叫道："哦，这不是M君吗？"

来人正是M君。穿着和式浴衣，脚跞一双低齿木屐。M君是早稻田中学的教师，同时还为一家杂志社写稿。在他搬到千岁村的第二个月，M君前来采访过他的新生活。当时，他正在栽种栎树苗，使M君在没有取暖设备的屋子里足足等了两个小时。M君是个温厚的人，一直毫无愠色地耐心等着他。后来，在这年夏天的一个明月之夜，穿着和式浴衣，披着外褂的M君又突然来访。两人闲谈间，M君借用纲岛梁川[1]君的话说道，如果不信神灵，那所做的一切事情都毫无意义。不信神灵就开始执笔写作也是没用的。M君对他讲述了自己的烦恼，叹息说像自己这样愚钝的人，是没有勇气抛开一切，全力信神灵的。

此后，便许久没有听到M君的消息。今夜，一年多未见面的M君又飘然而至。

M君此次来访的目的是打算采访他对上个月在茅崎过世的某一文人的看法。对于这位故人，他漫无边际地说了一通不得要领的话。这位故人从前曾与他在同一家报社的编辑部共事过很长一段时间。故人才华出众，文辞新颖拔萃，笔下生辉，谈吐超凡，妙语连珠。与此相反，他却迟钝迂腐，连自己都感到窝囊。他像猫一般终日蜷缩在编辑部的一角，没有机会跟故人推心置腹地交谈。故人对他怀有几分轻蔑，他对故人也有几分羡慕与妒忌。两人虽近在咫尺，心却相隔甚远。后来他与故人都先后离开了报社，各自选择了自己的路。两人极少见面，互不

---

[1] 纲岛梁川（1873-1907），日本思想家、评论家。

往来。然而，他早就想与故人认真地交谈一次。日俄战争结束的那年岁末，他在经历了一次心灵革命[1]，正要下决心离开东京，隐遁山野的时候，某日夜晚，他在新桥车站茫茫人海中发现了故人。看上去，故人是要出远门，戴着茶色的折檐帽，手里拿着一把细长的伞，一身漂亮的西服。他把一脸惊讶的故人拉到车站一角，两人站着交谈了两分钟。他对以往的疏远表示歉意，并叮嘱故人多保重，然后握手告别。这是他第一次亲近故人，也是最后一次见面。

M君与他的谈话，由故人的往事转到了生老病死，以及心灵感应、精神疗法等等，无所不谈。

两人坐在草地边的长凳上谈了许久，M君告辞时，已接近午夜十二点。

他送他至八幡后，两人才分手。此夜虽是夏夜，但月光却如春月朦胧，山谷对面的村庄雾霭迷离，田里蛙声催人如梦。

"告辞了！"

"再见！"

低齿木屐的声音渐渐远去，身穿白色单衣的M君像被吸走一般消失在雾霭中。

与M君分别后，便再没有听到他的消息。第二年的某日，从报纸上得知M君为了寻求心灵的安宁，抛下妻儿，出家到京都山科的天华香洞。可是，过不久M君好像又回到了东京，某杂志还刊登过他出家后的感想。没过多久便传来了M君的噩耗。

---

[1] 1905年夏天，芦花在登富士山途中遭遇暴风雨，整整五天不省人事，醒过来后犹如重生一般。

一心只为感知神灵，M君最终倾尽了全力。他完成了一生的大事，实现了生存的目的，便脱下肉身，飘然而去。

阿　安

有各种各样的乞丐过来乞讨。每逢春分、秋分、三月桃花节、五月端午节、盂兰盆节等，总有一些装束干净利落的女子，背着小孩，成群结队、热热闹闹地来到村里。问她们从哪里来，回答说从新宿来。其中也有不少自称商人的人，带些粗制滥造的草纸和廉价的肥皂、玩具等东西来卖。其实他们也是乞丐，还有难以糊口的流浪手艺人、找不到活干的土木工，他们要么做乞丐，要么沦为小偷、强盗、抢劫徒。这些人也常常来到村里。某个秋天的早晨，他突然听到门前杂木林中传来一阵窸窸窣窣的声响，过去一看，原来夜间有人睡在那里。一个四十开外的男人，身穿一件印有商号名称的短外褂，正带着困倦的神色爬起来，想要离开。

除了一般的乞丐外，还有一些指名要钱的乞丐。有时候想给又没有钱，有时候有钱又不想给，当然也有有钱又想给的时候。也有用报纸包两三个蒸红薯勉强打发他们的时候。不过，像这些特别的乞丐姑且不论，在他居住乡间的六年间，倒是遇上了两位跟他关系密切的乞丐，一位是阿仙，一位是阿安。

也许是出身没落的富裕家庭的缘故吧，阿仙虽身为乞丐，却态度傲慢，任性不羁。他留着寸头、脸庞长得像一个圆饭盒，鼻子像毛栗，常常用瓮声瓮气的声音诉说自己过去的放荡生活。阿仙十分珍爱自己，讨水喝时，一定要烧开了的水。有一次给他煮过的海带渣儿，第二次来时，他便抱怨道："吃了那东西，不但搭上了酱油，还闹了肚子。"有一次，小女佣一人在家，他不但要茶、要饭，最后还强迫女佣把衣服也脱下来送给他，吓得小女佣直哆嗦。女主人偶尔问起他的身世，阿仙一下子就变了脸色，回答说："你想找本人的碴儿吗？"有时家里没合适的东西可给，就送他一些腌梅子，他皱起眉头，一副瞧不起的样子。正好在家的男主人看到后，不免勃然大怒，怒斥道："一个要饭的，还有脸挑三拣四？"他只好极不情愿地拿起梅子嘟嘟囔囔地离开，可出门没走几步便把梅子扔进了杂木林。主人真想追过去揍他一顿，最后还是忍住了怒火。这件事后，主人便十分讨厌阿仙，阿仙后来也只来过一两次，这两年更是消失了踪影。

与倔强的阿仙相反，阿安性情随和，在村里还混得不错。阿安五十来岁，肤色浅黑，双眼无精打采，一副呆头呆脑的模样。傻里傻气的阿安，身上裹着一件脏衣服，从冬穿到夏，褴褛不堪。有时戴一顶破帽子，黑发长长地垂在前额，有时脸上裹一根脏兮兮的毛巾。常常一只脚穿木屐，另一只脚穿草鞋，一瘸一颠地走路。男主人曾送他一双穿旧了的茶色运动鞋，他马上就穿起来，可不到十日，又光着脚过来了。

阿安看上去像是个东京人，男主人好几次想诱使他说出是什么时候，因何原因变成乞丐的，可阿安从不上钩，只说自己曾在理发店干活，有时还问男主人要不要磨剃须刀。六七年来，主人完全放任自己的胡子疯长，有时嫌太碍事儿，就用剪刀剪几下。女主人嫁过来十八年，也没见她净过一次脸，家里根本就没有剃刀。阿安的那份殷勤也只好白费了。再说，家里即便有剃刀，也真不敢劳驾阿安那双"干净"的手。

阿安每次来到门前，就用手杖尖在地面啪啪地敲，做出一副扫地的样子。一听见那声音，就知道是阿安来了。有时站在门口，用男中音一板一眼地说道："抱歉呀，抱歉。"有时还会小声地哼着歌过来："春雨那个绵绵啊……"主人偶尔也会瞅准阿安到来的时机，让他帮忙用箩筐搬沙石，还给他五文工钱。此后，他每次来时都要问："今儿有没有活干？"他有时还会赖皮地向主人索要香烟，主人告诉他，家里没人抽烟，可他不长记性，下一次来时，又讨要香烟。顽固的阿仙认准死理不回头，狡黠的阿安则圆滑机灵。

夏天是乞丐们的大堂。到了夏天，我等也想扔掉家这个累赘，随性躺在田野，睡在山谷，周游日本全国乃至整个世界，乞讨度日。然而，夏季虽说是乞丐的天堂，但美中不足的是蚊虫太多。不过，所有的楼台庙宇皆是他们的寝殿，背阴的茵茵绿草处也好乘凉，还有夏日的食物不便储存，能从家家户户讨要的东西自然很多。

某日，见阿安跪在田间小渠旁，便问道："阿安，你在干什么？"听到声音，阿安抬起睡眼惺忪的眼睛回答说："哦，哦，洗东西呢。"原来，他正在洗草帽。四处的田间小渠都是他们的洗衣场，也是他们的露天浴室。

到了冬天，情况就惨了。他们只能搭个小木屋，或住在廉价的小客栈里稍避风雪。当然，能享此待遇的还仅仅是乞丐中的那些飞扬跋扈之辈，其他的乞丐只能躲进村里的寺庙中、田间的肥料屋以及能避开北风的山崖下。有的还在杂木林中烤火取暖，迷迷糊糊地熬过寒夜。因此，杂木林中经常发生火灾。

在主人住家旁边的墓地里，以前曾有一座阎王殿，就在他搬来前不久，因乞丐们烤火而被烧掉了。木制的阎王被烧成了灰烬，只剩下石雕的夺衣鬼婆半跪在露天里，神情恐怖。八幡的土地神庙，也为了避免乞丐们烤火烧掉，从去年开始，大殿的门便被严严实实地锁上了。或许是阿安失去了栖身之地吧，近来，好一阵子没见到他的影子了。

"阿安最近怎么样了？"一家人常常会想起阿安。

昨日，小女佣突然报告了阿安的死讯。据说是附近的女孩子们告诉她的。"听说那个阿安，在阿安姑娘死之前，那个阿安就死了。"

住在附近的阿安姑娘是五月初过世的，乞丐阿安可能在樱花盛开的时节走的吧。

阿安平时多栖身在甲州大道南侧的五谷神社里，死后被埋在了高井户，不知阿安临终时是什么样子。

"别看阿安那副德行，他很喜欢女人的，大伙都说，女人家一个人不能去给他送东西。"小女佣说道。

阿安真的走了吗？乞丐阿安真的走了吗？

"可怜的阿安，死了倒更让人放心。"女主人哀叹道。

主人的心中掠过一丝淡淡的哀愁，犹如秋野上空的一片阴云。

独　语

农　夫

我父是农夫。

（一）

生于土地，食土地之所产，逝去后回归土地。我辈原本是土地的精灵。对土地的精灵而言，最适合的工作莫过于在土地上劳作，所有的生活方式中选择了最好之手段的便是农夫。

（二）

农夫是神的臣民，在自然的怀抱中，在自然的支配下为自然而劳作，是化为人的自然。假若神是土地之主，农夫便是神的佃户；假若神是主宰，农夫便是其直属的天之臣民。假若有能践行纲岛梁川君所谓的"与神共劳作，与神同欢乐"者，那便是农夫了。

（三）

农事是人类生活的肇始，也是人类生活的终结。

从原始的农业时代开始，人们便在尼罗河、幼发拉底河畔用木片掘土，种植野生谷物。如今，美国式的农业采用灵巧的机械设备大面积栽种，世界的变化令人眼花缭乱。然而，土地依然是土地，历史犹如芸芸众生头上轻拂而过的风而已。农夫的命便是土地的命，没有人能够毁灭土地。无论有多少个拿破仑、威廉、塞西尔·罗兹疯狂地建立自己的帝国，有多少个罗斯柴尔德、摩根拼命地聚敛美元法郎，有多少个卓别林、霍兰德惟妙惟肖地模仿游鱼飞鸟，有多少个伯格森、梅契尼可夫、黑格尔争论不休，有多少个萧伯纳、惠特曼抒发情感，又哭又笑，有多少个高更、罗丹涂了又抹，抹了又涂，众多的农夫却依旧日出而作，日入而息，掘井而饮，耕田而食。当伦敦、巴黎、柏林、东京变成狡兔之窟，世界终将消亡时，在撒哈拉沃野上，农夫挥动的铁锄，依然在夕阳中闪光。

（四）

大哉，土之德也。你容所有的污秽与不净，养所有的罪人而不弃。任何无能之辈都能在你的怀中生息，任何命运多舛的将军都能在你的怀中埋葬不平，任何怀才不遇的诗人都能在你的怀中排遣忧伤，任何尽情放浪、无家可归的荡子都能在你的怀中找到安慰。

可怜的工厂劳工，可悲的矿下坑夫，可叹的商店店员、公司员工，可笑的官场中人。唯一令人羡慕的便是你呀，农夫！你的家纵然如同猪舍，但你劳作的舞台却在青空之下，大地之上；你的手足虽如松皮粗糙，你的筋骨却硬过钢铁。烈日下你虽汗如瀑布，山野的凉风却能为你吹拂。你虽食麦饭，却能夜夜安然入眠。你心不急，手不止，一锄一锹耕种着土地。你不躁、不怨，一天天等待秧苗成长。即使意外遭遇风、旱、水、雹、霜等天灾的袭击，你都能认为"上帝有所赐，有所不赐"。土地依然存在，来年仍旧到来。让那些昨日是富商，今日是乞丐的市井投机者去翻云覆雨吧，让那些愚蠢的官僚和学者不可一世地去逞威风吧。你的头虽然低着，但你的双脚却站立土地，你的腰直立不屈。

（五）

没有比农民更加悠然、闲适的了。他们的脸上写着无限的空间和时间。他们大多没有账簿，到了年末才知道是否有剩余还是不足。他们有持久的记忆力，连恩主自己都快忘记的时候，他们会若无其事地过来道谢。这对于那些分分秒秒争利、日日计算得失、精打细算的城里人看来，真是愚蠢透顶。村里的阿辰大爷曾经说过："聪明的人都跑到东京去了，只有傻瓜才留在乡下。"然而，若说农民是傻瓜，就等于是说天网疏漏，日月钝拙，大地止息。看见一秒的十万分之一的闪光，固然兴奋喜悦。然而，如果否定开天辟地以来尚有光芒未照及我辈身旁的星球存在，却有悖事实。所谓，"神的愚蠢也胜过人的聪明"，此话应当铭记呀。

（六）

农民与女性具有共性。他这个"美的农民"曾经在城里美丽的姑娘们上学的学堂，以"女性是土"为题，进行过演讲，引起了姑娘们抗议般的笑声。然而，人们不是以"乾"为父，以"坤"为母，称地球为"Mother Earth"吗？包容一切、忍受一切、滋育一切的土地与女性之间有着深深的内在联系。土地与女性的这种联系，也便是在土地上劳作的土之精灵——农民与女性的联系。

农民的弱点便是女性的弱点，女性的优点也便是农民的优点。看似被践踏蹂躏，实际却是一种承载；看似常常失败，实际却是永恒的胜利。这大地的特性便是农民与女性所共同具有的。

（七）

胆小者莫过于农民。他们是彻底的不抵抗主义者，在权力面前他们唯俯首帖耳。

"田家衣食无厚薄，不见县门身即乐。"对农民而言，官衙是个可怕之地。然而，他们对权力的敬畏，实际上是一种敬而远之的态度。他们虽抱怨，却仍按时交税；他们虽哭泣，却仍送子弟出征。凡是官府衙门的命令，他们都忍气吞声，默默服从。然而，他们的所为并非出于对官府的感激，他们服从官府的命令，就如同交钱给强盗一般。这一带的富农家庭以前经常遭遇强盗抢劫，因此他们身边随时都备有二三十元，以便在强盗入门时送与强盗。与其在无益的争斗中受伤，不如如此放弃抵抗。

农民是顺从的，就像土地的顺从一样。土地看上去似乎无知无觉，农民的脸也像这土地一般迟钝，似乎百般蹂躏也无妨。然而，人们不能忘记，这看上去似乎毫无知觉的土地也会发生令人恐惧的山崩、地裂。它深邃的心底也会燃烧，也会沸腾，也会涌出生命的清泉，它的躯体里蕴藏着黑金刚石般的煤炭和无价的宝石。揭竿而起，是自古以来如土地一般不抵抗的农民所采取的最后手段。俄国的强大，在于农民的强大。当莫斯科遭遇攻击时，他们才表现出了大无畏的勇气。农民的愤怒可以忍受到最后一刻，一旦爆发则可震撼大地，还有谁能稳步站立于这撼动的大地之上呢？

（八）

农家的通病便是邋遢、不爱干净。然而，换一个角度看，这缺点也是优点。假若土与水不容纳一切污秽，那世间的污秽将流至何方？假若土地有洁癖，那不洁之物又将如何埋葬？土地之所以为土地，是因为它并不以排斥肮脏来保全自身洁净，而是包容、净化一切污秽，成为孕育生命的温床。"我父是农夫。"正如耶稣所言，神正是一位伟大的农夫。神慈爱万物，"勿使吾造之物为不洁"，这是伟大的农夫——神之语言。自然的眼中没有不洁，由此可见，农民才是真正的自然主义者。

（九）

为土？为农？土地上只要还有人类之子生息，那么，为农便是这人类之子中最自然、最尊贵的生活方式，也是对自身的救赎。

朝露的祈祷

今晨，在院中漫步，眼光瞥见院中一角时，他突然吃惊地停下了脚步。枯萎的胡枝子上有东西在闪烁。是玉！是谁在何时撒下的玉呢？枝枝树梢上，红的玉、黄的玉、紫的玉、绿的玉、碧的玉，璀璨耀目。多美的玉呀！他惊叹着不忍离去。走近用手触摸花枝，那美玉便一下子消失。哦，原来是露珠！真的就是平日里的露珠，是露珠。将平日里的露珠化为美玉的魔术师在哪里呢？他回首仰望，东边天空，一轮红日正冉冉升起，霞光万道。

是朝日！朝日啊，你虽无限广大，却甘愿宿于一滴露珠之中。

露珠将须臾的生命托与细枝，你却用伟大的光芒让它像玉一般闪光。

"为了让您的子民显现您的荣光，请您先让您的子民显现荣光吧。"他脱口说出了祝福的话语。

> 晶莹闪烁如美玉，
> 朝露何须惜此身。

除　草

（一）

六、七、八、九，四个月，是农家大战野草的季节。自然主义的天空，使世间万物恣意生长，滋生出一切强的事物。如果放任不管，脆弱的五谷蔬菜类便会被野草淹没。犹如二宫尊德[1]所言："天道生万物，制裁辅助乃人类之道。"人类与野草的战斗便由此开始了。

旱田、水田里的野草疯长，凡是有手有脚之人，哪怕是老人、孩子、病人全都上阵，连火铲都用来除草。没时间做饭，便吃干饼，连喝茶也没工夫慢饮。大自然不给人们休战喘息的时机。

农家人经常会说："野草攻上来了。"野草逼得人们不得不将它铲除掉为止。

他这个仅仅只有一千多平方米土地的"美的农民"，夏秋之际，也遭到了野草的猛烈进攻。起床后，连脸都顾不上洗，就到田间踏着露水除草了，一直干到日落。有时除不完，中午也不休息。好不容易除完一处了，另一边又长起来一片。他常常抱怨说："如果没有野草和害虫，田园的夏天该有多美呀。"这草长那么多有什么用处呢？人为何要成为除草机器呢？除草真是愚蠢的行为，还不如放任不管，任凭它与农作物竞争，农作物总不至于全灭吧，剩下多少就收成多少不就行了

---

[1]　二宫尊德（1787-1856），江户后期著名农政学家。

吗？然而，即便这样想，但见到眼前跋扈的野草，又不得不想除掉它。再看看邻家的田里，草除得干干净净的，想想如果让自家田里长满野草，以至于野草种子飞到别人的田里，那也于心不安，他不想给邻居添麻烦。

于是，他又鼓起勇气开始除草，一根又一根，拔掉一根便就少一根，尽管野草的种子是无限的，但总会越拔越少。他的手在除着田里的草，心也在除着心田里的草。心便如田，田便如心，都是易生野草之地。稍稍疏忽，田地里便会杂草丛生，心田里也会杂草丛生，甚至连周围的社会也会杂草丛生。我们无法除尽世界上的草种，即便是除尽了，或许这也并非是人类的幸福。然而，如果放任不管，那么我们又将被野草淹没。因此，我们要除草，为了自己而除草，为了生命而除草。如果没有敌国入侵的外患，国家便会消亡；同样，如果没有野草，农家也将堕落。

《旧约》上把野草视为对人类的惩罚，实际上，这种惩罚是对人类之子最深切、最慈爱的祝福。

（二）

他这个"美的农民"为了美观而除草，可一旦除起草来，又认真得想要一根不留地除干净。农家则更加聪明，用草来肥田。他们把除的草就地埋在土里，或放在烈日下干燥，然后烧成灰，再堆起来发酵，两种办法都可用作农田的肥料。所谓化敌为友，驯服的敌人可以成为朋友。"年年落花肥樱树。"不仅美丽的落花可以成为树木的肥料，连无用的杂草枯死后也能肥沃土地。"水至清则无鱼。"不长杂草的土地看上去悦目，或许会变成没有生命力的脊土。本能是不应该消灭的。我们要切记，不能将不良青年置于死地，而是应该加以诱导。试想想，有谁的心中不长几根杂草呢？

田里的草形形色色。有一种草轻轻一拔，便可连根拔起，而且这种草还散发着一股清香。这一带还有一种草，当地人叫它"碱草"，长得低矮，茎呈红色，看上去很顽固，盘根交错地长在一起，可草根却很浅，稍稍动手便可除掉。另有一种无名草，无叶、无花，在一尺地下蔓延一两丈长，此草专以谷物蔬菜为敌。尤其令人伤神的是爬山虎，开着单瓣的黄花，如同小菊一般楚楚动人，它无限地蔓延，像线一般的蔓藤用手一掐便断了。残留下来的草根，哪怕只有一寸长，不到十日就会长出一片，这种草得用铁锄深挖，小心翼翼地把根捡起来，不然便无法除尽。人们的生活中也时常会遇见到此种野草。

除草的最佳时机是在朝露未干之时，镰刀所到之处，刚刚在露水中醒来的湿漉漉的野草便嚓嚓倒下。想要一举消灭野草，最好在夏季伏天里，选用一种俗称"懒惰镰"的长柄拱形镰刀，依次嚓嚓地一砍而光。梅雨季节除草，草会沾在镰锋上，但如果是伏天，草一个小时就干枯了。

夏天的野草虽然长势迅猛，但只要多用点心，还是容易制服的。最麻烦的是秋草。秋草虽然生长期较短，但只要种子散落，便会发芽，小小的幼草也会开花结籽。对草而言，种子落地的速度，就像是眼泪滴下来一般快速，稍稍不留神，种子便会落地。一旦种子落地，就很难清除了。在田间漫步，偶尔可看见平整得十分整齐的耕地，然而，田里却杂草丛生，庄稼长势不良。这种田多半是年前秋季，因家中遇到病灾等，来不及除草的农家的。

除草吧，除草吧。

美的农民

他是一名"美的农民"。他做农民，不是为了生活，而是为了兴趣。然而，对于一个为兴趣而生活的人而言，为了兴趣做农民，也可以说就是为了生活。

北美的大牧师皮切尔曾经用几块马铃薯款待别人，他说："这是我亲手栽培的马铃薯，一块一美元，请尝尝吧。"不是夸口，"美的农民"手艺要比皮切尔好得多。不过，对于一切都缺乏热情的他，到底不能像在那须野种稗子的乃木[1]翁，成为一个"好农民"。川柳[2]氏歌曰："文王走近问，鱼儿已上钩？""美的农民"先生所谓的农民，也不过如同姜太公钓鱼罢了。姜太公钓出了文王，"美的农民"挖掘出了兴趣，手上却长满了水泡。

作为农民，他归根到底是不合格的。他曾经撒下三升荞麦种子，收获了两升荞麦。奇怪的是，他撒下的种子入土后会像雪一般消失。他种的菜多半吃起来是苦的。他种的西瓜，得到

[1]　乃木希典（1849—1912），日本明治时代军人，陆军大将，日俄战争中任第三军司令。

[2]　柄井川柳（1718—1790），江户中期和歌连句游戏的评点师。后来，连句游戏即以"川柳"命名，成为江户平民文学样式之一，流传至今。

了九月秋分之后才能吃到；他种的萝卜会长出两三道岔，要么像正月里做装饰的稻草绳一样拧成几股，要么像章鱼一样奇形怪状。他作的文章虽然不入流，但他种的萝卜却极富艺术性。

他身穿劳动服，工作鞋，像奔赴战场一样意气风发，斗志昂扬，勤快地下地干活。可稍稍一动手，就大汗淋漓。他站立田间，手扶锄柄，似乎想要诉说：苍天呀，大地呀，人呀，快来看看我这个地道农民的风采吧。他擦拭着额头的汗水，歇了口气。此时，阴沉的天空中，一阵凉风迎面拂来，这儿真是个好地方呀。他不由得眯起那双大眼睛，满面喜悦。

对面的田里，真正的农民正抡起锄头后退着耕作，他久久地凝视着，欣赏那耕作中的美妙节奏。细雨霏霏，云雀欢歌，满眼碧绿的麦田里，系着红袖带、头戴白毛巾的姑娘们正安静地干着农活。他感动得煞费苦心地想要将此情此景写成歌，作成诗。有时，他自己挑着粪桶，看见真正的农民从身边走过，便会露出十分得意的神情来。农妇们夸奖他"干得真棒"时，他就越发扬扬得意。正在田间劳动中，如有打扮入时的城里女士来访，他就更加得意忘形了。

偶尔来访的城里人，看见他那副像模像样的农民装束，倒真以为他已经精通此道了。然而，村里人早就看穿了他的本来面目。水田对面的阿琴婆说："先生您还是另谋职业的好呀，那样的话，赚的钞票会多得发霉，需要拿出来晾晒的。"他倒真想有一张百元大钞拿出来晾晒晾晒。总之，他另有职业这事他是无法欺骗自己的，他虽做农民，却一次也未参加过农业讲习会。

"美的农民"的家，距东京仅仅三里远，向东眺望，可看见目黑火药厂与涩谷发电厂的浓烟。顺风时，可听见东京的午炮声，听罢东京的午炮声，马上又能听见横滨的午炮声。夜间，还可看见东京、横滨城市上空反射出的红光。东南面吹来都市的风，北面则是武藏野，西面可望见武相山峦和甲州山峦，西北面则有田野的风、山谷的风吹来。他的书房面朝东京，堂屋和客厅面对横滨方向。他平时喜欢在廊檐下读书、写作，廊檐的玻璃窗则正好面对甲州的群峰。他的心境就如同他的居所一般，时而挂念着这边，时而又牵挂着那边。

从前，他曾尝试做过耶稣教的见习传教士，也尝试过英语教师、报纸杂志记者一职；后来，还尝试做渔夫；而今，又在模仿农民。

模仿终究不是真的，他归根到底只能是个"美的农民"。

亡灵录

纲岛梁川君

明治四十年九月某日，家里的水勺子掉进了井里，女佣用钩子打捞，没能捞上来。妻子又接着折腾了将近一个小时，沉入井底的勺子就是捞不起来。最后，男主人主动上阵，拿出他从前在相模湾钓沙钻鱼的本领，将钩子垂入井里，一会儿上，一会儿下地不停打捞，有时手上感觉碰到了，提起来一看，锚钩的四只爪子上却什么也没能钩到。他失去了耐心，生气地在井底一阵乱捞，原本清澄的井水被他弄得混浊不堪，关键的勺子还是未能捞上来。越是捞不着，他越不肯善罢甘休，索性一手提着锚钩，一手撑在井缘上，将身子探入井中，在深不见底的水里拼命打捞。

"来信啦。"

女佣拿过来一张明信片。他咂了咂舌头，将锚钩拉起来，接过了明信片。翻面一看，明信片上镶着黑框，他十分惊讶，仔细一看，是纲岛梁川君的讣告。

他拿起明信片，离开井边，走到堂屋的廊檐下坐了下来。

程明道[1]有诗云:"道通天地有形外。"像梁川君那样,从有形到无形,孜孜求"道"之人,可谓过去、现在、将来三生贯通。死,不过是从此生态向彼生态过渡罢了。话虽如此,死毕竟是悲哀又可怕的事实。

他与梁川君仅有一面之交。那是今年春天的四月十六日,他久闻梁川君大名,曾经从新人杂志上读到过梁川君的《见神的实验》,以及收录在《病间录》中的诸多名篇,受益匪浅。木下尚江[2]君某日来粕谷游玩,谈起梁川君的话题时,说道:"有机会见见他吧,他虽病魔缠身,却意志惊人。"刚好四月十六日那天,东京座剧场举行救世军[3]布斯大将的欢迎会,他也收到了请柬,于是决定顺便去拜访梁川君。

当天下午,夹杂着尘埃的春风吹打着残留枝头的樱花,这种天气对肺病患者是极其不利的。他推开了位于大久保余丁町梁川君家的格子门。门上贴着一张主治医生写的字条:"梁川先生有发烧之虞,万望来访者切勿与之长谈。"由于病人正在吃饭,他被引至一间微暗的屋子里等候。屋子里挂着一幅匾额,上面写有"自强不息"四个字,看来是主人拜托中国人或朝鲜人写的吧。

不一会儿,有人过来领着他沿着镶有玻璃窗的走廊,来到了靠近里面的房间。这是一间铺着旧地毯的六张榻榻米大小

---

[1] 程明道(1032-1085),程颢。北宋儒学家、教育家。

[2] 木下尚江(1869-1937),日本小说家、社会思想家。

[3] 基督教新教的一派。1865年由英国卫理公会牧师布斯创立,1878年编制为军队式组织,从事传教和社会慈善事业。1895年在日本设立支部。

的房间，壁橱的下半部镶着玻璃门，用作书柜，里面堆满了印有金字的书卷。梁川君背靠着壁橱，端坐在坐垫上。他面色微黑，彬彬有礼地低头向初次来访者行礼寒暄。他的嗓音沙哑，脸上带着少女般的矜持。不过，他乌黑清澈的眸子凝然不动，闪现出坚强的意志力。

一开始，主人沙哑的声音让他听起来很吃力，而且感到硬要与这样的病人谈话有失礼貌，但不知不觉间他便被主人的话语所吸引，两人越聊越投机。正在此时，有人来报说有客人来访，梁川君看了看名片，说道："来得正好，我正打算把他介绍给你呢。"不一会儿，一个工人模样的人带进来一位年轻人。梁川君介绍说他叫西田市太郎，还刻意添了一句说："在实际经验方面，我从西田君那里受益良多。"三人的话题多了起来，他问梁川君对《圣经》中关于耶稣基督的内容有什么不满，比如说诅咒不结果的无花果的内容如何？梁川君回答道："我自己刚好也正在思考这个问题，谈不上什么不满，只是觉得耶稣的一大特点便是vehement[1]。"

随后，话题又转移到了饮食方面。他谈起了一件逸事，他曾经坐船去旅顺要塞，船上为了举行一次告别酒会，打算将活鸡拿出来杀了吃，虽然周围的人都没有吭声，但最后还是把鸡放生了。梁川君仔细聆听，自言自语道："真有趣！"三个人在一起东扯西唠，也没个固定主题，大家都十分愉快，不知不觉时间便过去了两个多小时，他与西田君便先后告辞离去。

他随后去了位于三崎町的东京座剧场，在舞台后面，跟着

---

[1] vehement，英语。激情的，激烈的之意。

大家排队，享受到了与布斯大将握手的喜悦。布斯大将身材魁梧，皮肤白净，手又大又温暖，与去年握过的托尔斯泰翁的手一样。下午与梁川君交谈，晚上与布斯大将握手。四月十六日这一天，对他而言，真是愉快至极。由于太过激动，当布斯大将演讲完毕，开始募捐的时候，他竟情不自禁地拿出钱包，倾其所有。

那之后，他便与梁川君互通书信，还收到过梁川君赠予的《回光录》。后来，因忙于乡间生活，便很久未与梁川君联络。今天的讣告，对他来说太过突然。他一直觉得，精神不朽的人尽管为疾病所累，也应该永远不死。梁川君走了，他的脑子里却不能接受这一事实。然而，一张印有黑框的明信片落在了他的面前，犹如当头一棒，使他清醒。"梁川君走了！"那张明信片仿佛在他耳边喊叫。

梁川君的葬礼是在一个秋雨霏霏的日子里举行的。他穿上高齿木屐，从粕谷去到了本乡教堂。教堂里挤满了人，穿着草鞋的西田君也在其中。不久，灵柩抬了进来。唱诗班的女孩独唱完毕后，梁川君的前辈以及几位友人分别致了悼词，十分真挚感人。接下来是牧师的说教："美人的裸体固然美丽，然而，穿上彩衣后会愈加美丽，梁川通过妙趣横生的文章阐述了永恒的真理。"牧师直呼梁川其名，令人感到有些刺耳。

他跟在灵柩后面去了杂司谷墓地，葬礼结束后又不知不觉地坐车到了梁川君的家。梁川君的亲朋好友们聚在一起，共进了晚餐。他见到了西田君、小田君、中桐君、水谷君等熟人，也有许多不相识的面孔。

他在新宿车站下电车时，夜已深了。白天的雨虽然已经停了，但路上却像农田，一片泥泞。他没提灯笼，也不选择路径，只扑通扑通地蹚着泥水往家走。从新宿大约走了一里半地时，在漆黑的竹林边撞见一个黑乎乎的人影，那人影几乎脸碰着脸地瞅着他，令他胆战心寒。

"你是谁？"

对方开口问道。他自报了住所姓名后，反问道："你是谁？"

"是警察。你回家也太晚了吧。"

走到八幡附近时，见有两三人提着灯笼走了过来，看见他的身影后停了下来，对方透过灯光惊讶地喊道："是福富先生呀。"随后便从他身边走了过去。这几位是八幡的人，前儿日，八幡、粕谷以及乌山的年轻人打架，据说还有人受了伤，至今双方都还在闹情绪。

回到家中时，已是深夜一点多了。

不久，梁川君的遗著《寸光录》出版。其中，多次提到了他的名字，对他充满了善意的评价。总之，人总是希望从别人身上看到自己的影子。梁川君能从他身上发现自己的身影，高兴也是当然的。

梁川君在遗稿中还十分悔恨地提到了自己在病中有一次曾对母亲说过苛责的话。如果将这一行为看作是白璧上的瑕疵的话，那这白璧先前该是何等的完美呀！与梁川君相比，像他这种有污浊心灵，禽兽行为之辈早就该羞愧而死了。

接到梁川君讣告那天掉进井底的水勺子，在那年岁末淘井时被打捞了上来。

然而，在他的生活中，已经有某种东西被丢失在了宇宙的一角。他要尽其一生，在天上，在地下，在火中，乃至在粪土里将它找回。梁川君显然已经找到了自己求索的东西，已坦荡地凯旋。愚钝的他常常是看似找到了，却又失去了，看似抓住了，却又溜走了，至今都还在重复着七颠八倒、笑话百出的生活。然而，世上的一切人都不过是在如来佛的手掌上翻筋斗而已。"人人自有通天路"，这一信念成为他在迷途中，在彷徨中的一大安慰。

麦穗稻穗

乡村一年

（一）

村子靠近东京，折中阴历、阳历换算，将一年内的各个节日都往后推迟了一个月。阳历新年是村公所的新年，小学校的新年。稍稍对神乐[1]感兴趣的年轻人，过年期间都到东京去看表演，或去看狮子舞。甲州大道上，朝新宿方向行驶的年后初次运货的马车被打扮得红红绿绿。头戴黑帽、身披紫袈裟、脚穿白布袜和高齿木屐的僧人，脖子上吊着装岁银的黄绿色大包袱，身后跟着一个紧抱双手，脚穿草鞋的小伙计，到施主家化缘。除此之外，一月的村子十分安静，既不捣年糕，也不立贺岁的门松。因为是农闲期，所以青年夜校倒是开学了。村民们也趁这一时机淘井、建柴屋、换房顶、修理农具等等。有阳光的日子，在家带孙子带得厌烦了的老爷子们，含着烟袋儿，

---

[1] 日本祭神时奉献给神的舞和歌，分为在宫廷举行的御神乐和在民间举行的神乐。

倒背着双手去到田里，慢悠悠地踩踏麦苗，以便麦子能够更好地生根。年轻人的活儿则是到东京去运粪肥，寒冷季节，粪肥不会生蛆，是沤肥的最佳时期，俗称"寒练"。漫漫冬夜，家里的老少爷们儿都围坐在大火盆边，搓绳、编草鞋，还相互比赛，看谁编得多。老娘、闺女则坐在油灯旁缝缝补补，一边念叨着在外打仗的家人，一边闲谈，说着回东京的哥哥看到城里新娘子坐的花轿如何如何之类的。

到了一月末，城里人便早早地将过年穿过的漂亮衣物收进衣柜里。玩纸牌、玩和歌牌的手留下了趼疤。大小艺伎们在一个接一个的新年宴会后，也终于可以喘口气了。

然而，此时的村庄却开始忙碌起来。大扫除、捣年糕。数九天的年糕不容易坏掉，浸在水里，可作一年的茶点，繁忙时还可以当饭。人多的家庭，要捣一石或两石糯米。一到这时，亲戚朋友们都过来帮忙，一边捣，一边唱，热闹非凡。东边一阵咚咚声，西边一阵咚咚声，闹腾得深夜难眠。有的人家从半夜一直捣到第二天黄昏。

"美的农民"家过的阳历年，一过完年，家里的年糕就吃完了。然而，早饭前，阿丝、阿春姑娘就笑眯眯地端来了牡丹饼[1]。阿辰大爷家做的年糕比别人家的大三倍，粉子捣得很细，是装在包装精致的红袋子里送来的。下田的阿金家也送来了年糕，他家的馅儿是红糖做的，样子很好看，装在了漂亮的盒子里。还有阿数婆家的，平时喜欢摆架子的阿数婆捎话说怕放了

---

[1] 日本点心。将蒸熟的糯米和粳米轻捣成圆形，撒上豆馅、黄豆粉等制成的年糕团。

馅，反而不中意，只送了点刚刚捣好的过来。"美的农民"去她家还礼时，见她家里打扫得像过年一样干净，厨房里还挂着两条咸鲑鱼。

（二）

乡间的新年在二月。虽说有的家里不立门松，但人人都要换上新衣服，悠悠闲闲地玩个痛快。甲州街道上有戏班子来演出，门票八分或一角，也有曲艺表演，小学里还放映幻灯。大的天理教堂和小的耶稣教堂都从东京请人来布教，府郡的农业技术人员也下到乡里来举办农事讲座。

节分[1]那一天，家家户户要撒豆驱魔。正月初七，人人都要喝七草粥[2]，十一日举行开仓仪式[3]，十四日举行送神火仪式[4]。有的家庭严格按照习俗办事，有的家庭只是走走形式，或什么都不做。总之，过去的传统一年比一年淡薄了。

这一带尤其知名的是秩父山冬季刮来的干风和化霜时的寒冷。武藏野很少下雪，难得积上一尺，一般不到五日就融化

---

[1] 节分：立春的前一日。在日本，曾经把立春当作一年之始，故前一日便具有除夕的特征，要举行多种驱鬼除邪的仪式。一边高叫着"鬼出去，福进来"，一边撒豆子驱灾辟邪的撒豆仪式便是其中一种。

[2] 阴历以正月初七为"人日"，这一天要喝由水芹、荠菜、鼠曲草、繁缕、稻槎草、芜菁、萝卜七种嫩菜熬的粥，以防病防灾。

[3] 商店开仓营业，农户开仓农耕。日本的商铺及农户一年中正式开始工作时举行的一种仪式，多在正月十一日举行。此日开仓并切一种叫"镜饼"的供奉神佛的年糕，煮成年糕汤以示庆祝。

[4] 日本民间在正月十五前后举行的祭火节仪式，焚烧新年的装饰物以驱邪。

了。有一年，进入四月以后还下了一场二尺多深的雪，连村里的老人都感到奇怪，说无论是下雪的季节还是积雪量，都是井伊扫部[1]以来所未有过的。自十二月到三月底，是漫长的化霜期，地面打滑，走路得穿草鞋或高齿木屐。这期间，干风席卷霜枯的武藏野，霜和风让人们的手脚以及田地都裂开了，露出一道道深口。干土变成了尘埃，风一吹便像云雾飘散，远远望去，又像是火灾时燃起的烟尘。

此地火灾甚多。干透了的草房，最易着火，加上煮饭洗澡都用碎稻秆儿烧火，不发生火灾，那才是怪事呢。虽然村村寨寨都有消防，但根本应付不过来。晚上，夜归的人一看见燃火就大惊失色地高叫："哎呀，失火啦！"于是，大伙儿便嚷嚷开来："失火了？哪里失火了？哎呀，确实失火啦！"各地负责消防的小伙子们一听到消息便赶紧回家换上消防服，打开村中央火警器材房的锁，搬出灭火器械，喊着号儿赶过去。然而，火灾现场早已化为灰烬。除去那些独立而周围又长满树木的人家，以及房屋密集的街道两旁外，村子里的火灾一般不大，但一有火星，就必定燃起来。听说有一户人家，住在东京的儿子认为东京一旦失火太危险，便把好衣服都寄存在乡下，结果被一场大火烧了个精光。

即便到了二月，梅花都尚未开放。偶尔只有朝南的山崖下，阳光温暖的角落里，有一株紫堇含笑绽放。二月天仍然寒

---

[1] 指井伊直弼（1815-1860），日本幕府末期大老（官职）、扫部头（官职），彦根藩藩主。在将军继嗣问题上，与推举一桥庆喜的一派对立，且未经天皇许可，签署日美通商条约以及镇压反对派（安政大狱）等，于万延元年在樱田门外遭暗杀。

气逼人。到了下旬，才终于听见云雀的鸣叫。叽、叽叽，的确是云雀的叫声，然而，这叫声第二天便又消失了，第三天又开始叫起来。啊，云雀叫了！虽然远山残雪未融，武藏野冰霜未消，落叶树木仍然枝条光秃，松杉树林灰褐未绿，秩父山依旧干风凛冽，可是，云雀叫了！云雀在初春明朗的晴空中拍打着银色翅膀，鸣叫了！这啼鸣声，唤起了人们心中迎春的喜悦。云雀是麦田的乐师，云雀的歌声唤来了武藏野的春天！

（三）

春天来到武藏野。朗晴的日子，可望见甲州山上白雪迷蒙。院子里的梅树积雪滴答融化，竹林间黄莺初鸣声传入耳畔。然而，乍暖还寒的日子还很长，三月天依旧寒冷。在初午祭祀五谷神活动时，要轮番举办聚会宴席，各自带去五合米，一角五分钱，便可大吃大喝一顿，尽欢而散。然而，岁月不知不觉流逝间，又到了该下地干活的季节了。农家首先要清扫落叶，培整红薯、南瓜和黄瓜的苗床，当然，还要种下马铃薯。

春分前，农家还有一件大事要做，那便是男女雇工大换班。农村人手一年比一年减少，农家都想争到好的雇工。然而，村子近处有东京这个大市场，不管到哪里都能寻到赚钱的饭碗。因此，无论是男雇工还是女雇工，只要主人对他们稍不满意，他们便拔腿就走。村里寺本家的雇工说今年还要在他家继续干，于是，寺本在盂兰盆节和正月时花了九十元钱给这位雇工添置了衣服[1]。大伙儿都很羡慕，说只要人好，九十元算不了什么。亥太郎的小儿子今年十二岁，去给下田家看孩子，月薪五角。厚嘴唇的阿久，利用在雇主家的余暇时间，到财主伊三郎家帮工，每月固定干十天，工钱二十五元。石山给邻村办丧事，女儿跑来说家里的雇工跑了，石山赶紧折回，要把雇工找回来。阿勘的嗣子阿作，四处奔走寻找女雇工。干活稍稍熟练的蚕妇，去年里就谈定了。有的人家，还将毛织的和服衬领、袜子什么的悄悄塞进女雇工的袖兜里，希望她明年能继续来家干活。这样的大换班结束后，农家刚刚安心地喘口气，就到春分了。

　　春分时节，拿着线香、鲜花，提着水桶的人们络绎不绝地去上坟扫墓。东京人梳着元宝髻，穿着印有家徽的和服，也过来扫墓了。平时寂静的墓地有了人气，四处香火缭绕，墓前的竹筒里插上了丁香花或红山茶，竖起了新墓碑。旱田对面走着身披绯红袈裟的和尚。春分那一天，村子刚好开始修路，被动员起来的年轻人半是工作半是玩，有的无聊地将道旁长出的树枝砍掉，有的将草地里的土铲起来抛到路中央，真不知他们是在修路还是在搞破坏。

---

[1]　日本习俗之一，称"四季施"。主人向用人应时按季地赠送衣物，尤其在盂兰盆节和岁末更注重这一习俗。

（四）

四月，春意渐浓。乡村三月三[1]，家家摆人偶，户户做菱饼、草饼。此时，小学也迎来了新学年。住在附近的小男孩儿喜左，直到去年都还说不清楚话，从四月起就是小学生了，他头戴学生帽，身上挂着书包，大模大样地走来走去。五六年前，除了庆典节日，女孩子穿学生裙裤的极少见，近来，日日穿着枣红裙裤上学的女孩子渐渐多了起来，主要是因为小学校里来了女教师的缘故吧。

"桃之夭夭，其叶蓁蓁。"桃花节自古就是婚嫁的季节，村里人娶媳妇，招女婿，大多选在这个时候进行。大户人家会在三月三日夜，将全村人请来，通宵达旦地喝喜酒，人们嘴里唱着一首叫"恭喜若松哥"的俚曲，把十七件嫁妆都编进歌里唱。然而，一般人家则按乡下的规矩，一切从简。新娘子自己到理发店梳个岛田发髻[2]，回家换上嫁衣，有的嫌坐车子太奢华，就步行到甲州大道，再乘马车过门。还有的人家更加从简，悄悄招媳妇进门，等到适当的时候再举行婚礼。有的人家，碰到高兴时，会从调布一带的餐馆叫上几桌酒席，把亲友都请来赴宴。有的家庭，新郎穿着带家徽的礼服，由一位年轻的亲戚领着，带着毛巾、礼帖到村里挨家挨户行礼，再不然就

---

[1]　三月三日"雏祭"，是日本传统节日之一，又称"女儿节""桃花节"。有女孩子的家庭要陈列人偶，供米酒、桃花、米饼，祈福女孩子健康、幸福成长。

[2]　日本女性发髻的一种。主要指未婚女子梳的发型。髻绾高而挺的叫高岛田，髻绾低平的叫散岛田。因东海道岛田驿站的艺伎首创而得名。明治以后，高岛田成为女性出嫁时的正式发型。

是涂脂抹粉的新娘，红肿的手提着长棉袍的下摆，由伴娘或公婆陪着到各家行礼，这所谓的见面礼才告结束。

寺院的节祭多按阳历进行，四月八日举行释迦牟尼诞生法会。村里则要晚一个月。各个寺院鸣钟召唤小孩子，于是，孩子们一听到钟声，就在父母或姐姐带领下，拎着小竹桶，高高兴兴去打甜茶[1]。

音吉到东京麹町运粪肥回来，说东京樱花盛开，游人如织，运粪肥的车都过不去了。乡村樱花树较少，但有桃花、李花。山野里还有紫堇、蒲公英、春龙胆、栌子和蓟草等盛开。"栌子蓟草花盛开，郊外野山踏青忙。"山花烂漫的季节，人们趁大忙来临前，要么乘火车，要么穿草鞋步行，到御岳、三峰、榛名去踏青。村里偶尔也有带着孩子去赏樱花，或到海边拾贝壳的赶时髦之流。

迷恋春天的蝴蝶翩翩起舞，可恶的蛇也出洞了。四月的天空，云雀越叫越欢，欢叫声中，麦子开始吐穗，村里的孩子们"嘀、嘀"地吹起麦哨，武藏野的白昼便在这麦哨声中一天一天变长。

玉川河里三寸长的小鲇鱼，经偷捕者的手，进到大户人家的厨房。仁左卫门宅子里的大榉树泛着淡褐色的烟雾，在春日的晴空中婆娑起舞。杂木林中的橡树开始吐出新芽，接着便是栎树吐芽。贮藏在地窖里的芋头发芽了，又该栽种芋头了。

四月末，绿意盎然，葱郁的武藏野洋溢着复苏的生机。春

---

[1] 甜茶，即土常山茶，煮土常山叶泡的甜饮料。日本于四月八日浴佛会时将它浇在释迦牟尼的佛像上。

虫爬出来了，田里的青蛙发出沙哑的鸣声。水变得温润，该育稻种了。桑树一绽开叶芽，家家户户便开始准备养蚕，清洗工具，晒箩筐，掸草席，有的人家月末就早早开始扫蚕蛹了。虽说有蚕室的人家不多，但户户至少要扫上一两张。四月，也是吃春笋的时节，种植毛竹的人家，每天一大早便可享受挖竹笋的乐趣。种植毛竹虽说需要购置肥料，但十亩竹林的笋子可以卖到八十到一百元，这一带的杂木山渐渐开始变成了竹林。

（五）

进入五月，村民们预料下月会更加繁忙，便把本月当阳历过。一望无垠的大小麦田开始结穗，青绿一片的田野犹如晨曦中泛白的天空，一串串麦穗似白色的海浪漂浮。望见沐浴着朝露的麦穗，或在夕晖中闪着银光的麦穗，愉悦之情油然而生，恨不得想要与云雀竞歌。

五月五日[1]是男孩子们的节日。赏心悦目的绿叶丛中，会突然跃出几条红黑相间的纸"鲤鱼旗"来。五月五日，府中大国魂神社还要举办叫"六所样"[2]的祭祀活动。年轻人穿上新缝的紫蓝肚兜、紫蓝裤衩、新袜子，用新制的布巾在下巴处打个结，向老子要上三元五元的，塞进钱袋里，扛着自制的四尺长

[1] 五月五日端午节是日本民俗五节日之一，由中国传入。端午节期间要吃粽子和用槲树叶包的糯米饼，在门前挂菖蒲、艾草等。由于"菖蒲"与"尚武"在日语中谐音，日本近世以后，端午便成为男孩子的节日。期间要在家里摆放铠甲、武士人偶，在室外悬挂鲤鱼旗，祈愿男孩子出人头地，勇敢，健康成长。

[2] 六处神社共同举行的祭祀活动。

的杉木拔子，便雄赳赳地奔府中而去。

"六所样"祭祀会场放有直径长六尺多的大鼓一个，中小大鼓数个。年轻人用劲健的手腕抡起被称作"拔子"的杉木棒拼命击鼓。鼓声咚咚，如远雷炸开，能传到四里之外。提到府中祭祀，还听说过从前有关东男儿奋力撞神轿、击大鼓，能把神轿、大鼓撞击碎的故事。到凌晨十二点，祭祀会场便熄掉所有的灯，听说在黑暗中闹出人命，女孩失身等乱子多有发生。不过，最近因有警察管理，这类乱子少多了。

落叶树的嫩叶渐渐变青，杉树、松树、橡树等常绿树也老叶落尽，换上新绿。田里的紫云英花开正浓，树林里金兰、银兰竞相盛开。还可见紫萁，以及不常见的蕨菜，但都无人观赏。

到了八十八夜[1]，该采茶了。茶，一般连叶子一起卖。扁豆、玉米、大豆也该下种了。农家心里总惦记着天是否要下雨？桑叶是否该采了？今年桑树长势不好，蚕宝宝会怎样？养蚕师为何还没来巡回指导？稻种怎样了？该要翻地了，该要整秧田了，早稻该要播种了。就在这念叨声中，黄瓜、南瓜、红薯、茄子也都该栽种了。还有稗子、黍等秋作物也该下种了。本月中旬，大麦开始发青，麦田的伶人云雀，从三寸绿开始鸣叫。"麦子熟了，起床啦，快点下地啦！"每天从天未明便开始啼鸣。

开始征兵体检了，稚气未脱的青年，留着平头，穿着印有

---

[1] 立春后第八十八天，大约在阳历5月1—2日前后，自此之后无霜，可开始播种和采茶。

家徽的礼服，精神抖擞地从各自的村里出发到府中集合。川端家的阿嘉得了个甲等合格。"俺家阿忠，还没抽签，就选进了海军。俺没有男孩子挣钱，阿忠当兵去了，俺就找个雇工，为了国家，没办法呀。"与右卫门呷着嘴说道。下田的阿金家，去年哥哥抽了免征签，今年老二稻公凭一身强健的体格，被选进了炮兵。他本人倒是一副威武的样子，可他的老母却垂头丧气。

日子就这样迷迷糊糊过去了。虽然晚霜就像是昨天才刚下一般，可春蝉已开始鸣叫了。绿叶成荫，令人眷念。诗人吟唱的"绿荫幽草，点点白花"的时节，田埂上开着雪白的虎耳草花，树林边开满白色的野茉莉，田沟上则盛开着芬芳的野蔷薇。然而，仍然无人观赏。对农家而言，最最要紧的是蚕宝宝长大了，还有在镇守神宫举行的冰雹节。三多摩地区靠近甲武山峦，由甲府盆地产生的低气压，流向东京湾途中，正好经过这里，该地以多冰雹、雷雨而出名。此地秋风虽也猛烈，但最可怕的还是春暮夏初的冰雹。

每年下冰雹的地带大体相同，由多摩川上游而下，掠过这一带的村庄，向东南而去。五年前，下过一场成人拳头大小的冰雹，十分恐怖。前年的那场大冰雹虽然才下了十到十五分钟，却满地银白。有些地方大麦小麦颗粒无收，有些地方桑树、茶园、蔬菜水果全部被毁。邻村的九右卫门老大爷，生活本来很不错，本想将农作物卖了钱，用来淘井、换房顶什么的，没想到遭到这场冰雹的袭击，大失所望之余，一味蒙头大睡。左拉的小说《土地》中有位贪欲的青年农夫，在遭到冰雹袭击时，紧紧攥住拳头，对上天怒吼道："看你干的好事！"看来，他的愤怒也是理所当然的。这一带把降冰雹称作"雹乱"，认为"雹乱"比战争还可怕。于是，便有了"冰雹祭"。农民们向榛名菩萨请愿，然而，即便是榛名菩萨、八幡镇守神也都无可奈何。本村没有水患，却常常有冰雹"光顾"，这是村里向上天缴纳的租税啊！

（六）

六月，迎来麦子的收割期。"绿叶遮天地，只留富士山。"层层叠叠的绿叶间，露出一片片黄熟的麦田，似阳光洒满大地。阳历六月，正是农家五月，"农功五月急于弦"。对农家而言，最激烈的战斗便是这六月了。初旬，小学临时放"农忙假"，大忙时节，恨不得连猫的手都借来用，小孩儿的作用就更不能忽视了。六月初旬蚕上山[1]，中旬割大麦，下旬收小麦。

六月梅雨季，日日阴雨绵绵，农家得戴着蓑笠插秧。旱地多的村子，插秧也是件大事，大伙儿都说，插完秧就了却了一桩心事。趁着雨停，还得赶紧收获割剩的麦子，割迟了，田里的麦粒就会发芽。收罢庄稼，还得除掉因一时疏忽而长出的野草。接着，红薯也该翻秧了，旱稻、玉米、稗子、大豆也该松土了。春茶也该采了。还得去城里运粪肥，否则就该挨骂了。虽说繁忙，但做饭的麦子吃光了，不得不去水磨房，通宵达旦

---

[1] 蚕结茧之前，养蚕农户要给蚕宝宝准备吐丝结茧的稻草，稻草扎成小捆竖立蚕房内，蚕爬上去吐丝结茧的过程便被称为"蚕上山"。

地磨麦子。

甲州贩茧子的商人早早便拥入了甲州大道。今年能卖个好价钱。听说住在河边的阿岩家卖了四元一角五。邻村的滨田家也开始卖茧子了。阿仙家雇了四五个女工，用一架脚踏机缫丝。阿长也领了营业执照，开始卖茧子，给本家的春子、兼子一些本钱，急急忙忙装上一车茧子，拉着四处问价钱、寻买主，哪怕多卖一分钱也好。最后连碎茧都卖掉了，赚了四十九元二角五。夜里睡不着，心里琢磨，还没卖够五十元，但也是一大笔钱呀，拿回来放进旧柜子里，喝上一杯茶，便又下地干活了。

天上的云雀依然欢叫着，不知疲倦。不知不觉间，村里树林中的栗子开花了。田间的小河边，芦苇莺从早到晚叫个不停。夜里偶尔也能听见杜鹃的啼鸣和猫头鹰的叫声，还有水鸡的咯咯声。萤火虫飞来了，蝉鸣、蛙鸣响起来了，蚊虫、蠓虫也出来了。苍蝇乌黑一团，跳蚤飞扬跋扈，铜花金龟子、瓜叶虫、瓢虫等吃蔬菜的各类虫子数不胜数。都是生命啊！它们都得活，抓也抓不尽，置之不理吧，蔬菜就会被吃得精光，只好能抓多少就抓多少了，人也得活啊。

农夫们不断抱怨人手不够。家里人手不够用，就只得从甲州大道雇佣其他地方过来的农民，将一千平方米的土地按一定的租金租给他们，由他们插秧、割麦。即便这样，人手还是不够用。这个时候恨不得把坟堆里的死人都拉出来使唤。大忙季节，除了死人和重病人，农家是没有闲人的，连瞎眼老太婆也摸索着给人烧水烧茶。地里的豌豆、扁豆结荚了，也没空摘下来煮了吃。住在东京城边的精明的煮豆店老板便摇着铃铛过来做买卖了。在这手忙脚乱的时节里，用黍米饼代替饭食是常有的事。离田间近的人家，一大早起来便趁早饭前下地干活。阿春家住得远，年幼的阿春姑娘一手拎着大水壶，一手提着大包袱，里面装着芋头、黍米饼等当点心吃的食物，摇摇晃晃地往地里赶。这个季节造访农家，大门一般都锁着，家中连一只猫都没有。有的家里只有五六岁的小女孩和婴儿两人，不管问她什么，都翻着眼珠子回答说"不知道"。这样的农忙季节，小孩最容易出意外。六月里，农家家里到处沾满麦芒，坟地长满野草，寺院、教堂里的和尚、牧师闲得直打哈欠，谁还有闲工夫去祈福来世呢？

（七）

繁忙中，七月来临。六月忙，七月还是忙。忙、忙、忙。总而言之，就是忙。即使白天长，活也干不完；即使夜间短，觉也睡不安稳。家家户户的女孩熬红了眼，家家户户的主妇一脸苍白，面带病容。急躁的石山刻薄地斥责阿久不麻利。"铁打的车轴，用久了也会磨损。俺老了，不能挣钱啦。"个头虽小却很能干活的阿辰大爷在发牢骚。"说得对，俺比辰哥您小十岁，心想，哪能输给这帮兔崽子们，谁知一干起活来，就上气不接下气啦。"打石头的与右卫门附着说道。然而，磨损也罢，生锈也罢，车轴总是车轴，车轴不转家不转。好不容易收割的麦子，要是不尽早脱粒装袋，就会发霉长虫了。

原以为今天还会下雨，结果是个大晴天。来，把大伙儿都叫上，一起到打谷场上去，老人在吆喝着，花白的头上缠着毛巾，手里握着光溜溜的打谷棒。小孩子跑来了，哥哥来了，弟弟来了，媳妇来了，小姑子来了，阿婆如果不腰痛也来了。打扫得干干净净的禾场上摊满了麦子，男男女女各自结成对儿，相向而站，各自伸出一只脚，合着拍子，你一上，我一下地打起了麦子。男人裤衩上扎个兜肚，草帽戴在后脑勺上，古铜色的胳膊强健有力。戴着草帽或包着毛巾，缠着背带，套着护手的年轻姑娘，不时用手背擦着额头的汗，和着节奏打麦。咚、咚、啪嗒、啪嗒。人群中不时有人"哟"地高喊一声号子，给大伙儿提劲，连大地仿佛都要被砸塌了。"俺要是跟了你呀，到哪儿都乐意。别了亲爹娘呀，到那个世界也愿意。"年轻女子动听的歌声传来，大家一起叫好。火辣辣的太阳照耀着禾场，连挥动的打谷棒都闪着光亮。青年男女的脸上，个个晒得像熟透的红桃，天空中一团团银白的云朵在飘动。

七月中旬，梅雨一过，便到了真正的暑天。泛着光亮的麦子收割完了，田野又呈现一派绿意。然而，它已不再是暮春时节的嫩绿，而是白昼里吐着绿火焰的绿。朝夕的蝉鸣送来清凉，而白天聒噪的油蝉声则令人燥热不安。即便是凉爽的茅草屋，气温有时也会升到三十多度。在家里时，人们大都裸露着身子。天气炎热，吊儿郎当的武太，只穿着一条裤衩在旱田里割稻秆。十五六日，是东京的盂兰盆节，各家的雇工、媳妇都回家祭祖，路上到处走着穿白布袜子的人。甲州街道的马车上也坐满了这帮子年轻人。

(八)

大风暴也有平静的时刻。夏季农忙时节的战斗也有休战喘息的片刻。

七月末、八月初，收麦子的事告一段落，杂草除得也差不多了。本月的值班农户便告示大家，乡村要准备三天大休整了。其中一天全村总动员，一起除草，修路。以拓宽行人通行的路面为由，将公路两旁恣意伸出到路面的杂草和树枝，毫不留情地用镰刀砍去。那些被视为贪得无厌、不讨人喜欢的人家的田地或树林，这时也成为被大砍大伐的对象。这个世道，人也越变越精明了，即便休息日也要打工赚钱。乡村大休整期间，田野里仍能看到三三两两干活的人影。

八月，小学放假。本月七日是乡村的七夕节[1]，有的人家院子里竖起了竹竿，竹竿上挂满了五颜六色的纸条，上面写着各种各样的心愿。没过几天便迎来了盂兰盆节。农家用麦秆代替麻秆儿，点起了迎魂火。这期间，墓地和家中都热闹非凡。身着绯红袈裟的和尚，穿着东家送的单层浴衣回家祭祖的男女佣工，陆陆续续过来行乞的乞丐，所有景象都增添了盂兰盆节的节日气氛。可是，这个贫穷的小山村，却从不知什么叫盂兰盆舞[2]。即便一年里最鲜亮的一轮明月升起，也只能引出年轻

---

[1] 日本五大节日之一。乞巧的民间风俗由中国传入。那一天要在院中设供品祭祀星辰，并立上竹枝，在上面挂上写有各自心愿的纸条祈求愿望实现。妇女则向牵牛、织女星乞求巧智。

[2] 盂兰盆节期间跳的舞蹈。将祭祀祖先灵魂的盂兰盆会祭祀与念佛舞蹈相结合形成。一般采取围着击鼓的高台跳舞的形式，日本室町时代以后开始普及。

人断断续续的歌声。仿照圆圆的月亮围成一个圈儿，青年男女们，脚踏银白大地，投下黑色身影，载歌载舞，直到夜深。当月亮倾斜时，才陆陆续续离开一人，离开两人。最后是"舞得月落四五人"。遗憾的是此种情趣，在这一带乡村是看不到的。

村子里养夏蚕的人家很少，养秋蚕的却很多。养秋蚕，八月里仍很忙。然而，也有不少人趁着空隙，登富士，登大山，游江之岛，游镰仓。去大山时，有的人半夜就动身，一天走完十三里。也有一强壮的年轻人，怀揣五元钱，独自去登富士山。听说他彻夜赶路，困了就睡在庙宇殿堂里。

夏日的生命是阳光和水。人们离不开日照，离不开雨水。村子离多摩川较远，虽然没有洪水的威胁，却有可怕的旱灾。然而，通常情况下老天都会下合时宜的阵雨，六年里只遇到过一次求雨的情况。想要雨水的时候，天就降雨，真是个"润湿的好季节"。

夏季，也是传染病流行的时节。听说有一年，用作临时病院的茅屋里住满了痢疾和伤寒病人。到了这个季节，身穿白大褂的医护人员来来往往，清洁法实施案匆匆颁布，村卫生员和脚穿草鞋的巡警四外查看阴沟和垃圾堆的卫生状况。后来听说这位巡警的妻子也得了痢疾。也有的村子鸣钟击鼓，求神拜佛，驱除疫病。

如此种种的喧嚣在不知不觉间静了下来。在"热呀，热呀"的叫苦声中，忽一日听见了秋蝉的啼鸣，武藏野的秋天到来了。早稻秀穗了，芒草花探出了头。用手扒开红薯根，有的已经长成婴儿手腕那样粗了。该栽种萝卜和叶根菜了，荞麦、秋马铃薯也该下种了。先前一派碧绿的田野，又长满了白色的早稻穗。旱地里乌黑的稗子，金黄的黍子，褐色的小米都成熟了。小米和黍子可以做饼吃，稗子却只有乃木将军才吃了[1]。这一带人不常吃大米，多吃碾碎的麦子，不到迫不得已通常是不吃纯稗米的。进城运粪肥的农夫有时也带稗米盒饭，但饭一凉米粒就散开，难以下咽，只好浇上热水或冷水，草草塞进肚子了事。也有的雇工，瞅着雇主吃麦饭，自己吃稗子饭，一气之下辞职不干了的。

（九）

九月是农家的厄运月。二百一十天[2]、二百二十天就在眼前。九月一日要举行朔日祭风活动。种植麦子、桑树的农户担心下冰雹，而种稻子的农户则最怕大风。九月是农家的鬼门关。过了这一关，就到了秋分，蚊虫少了，可以收起蚊帐了。夜间，母亲、女儿娘儿俩忙着在灯下做针线活儿。秋天的田园诗人伯劳，站在高高的栗树枝上高声鸣叫。栗子笑开了，豆叶黄了，雁来红着上了红装。仿佛与雁来红有约似的，大雁的叫声从夜空中传来。树林里，路旁草丛中，还有家里，四处响起了虫鸣声。早稻黄了，荞麦花如白雪般开放。这一带，很少有被叫作"曼珠沙华"的彼岸花。常见的是胡枝子、女郎花、马

---

[1] 1887年，乃木希典赴德国留学归国后，一改从前的奢侈生活，践行简朴的生活方式。据说他平时只吃稗米，招待客人时才吃一次荞麦。

[2] 立春后的二百一十天、二百二十天均是日本杂节之一，大致在9月1日到9月10日前后，是多台风时期。

兰花，而最能显现初秋荣华景象的则是泛着红白光泽、朵朵似绢绸飘舞的花芒草。孩子们剪来，用作十五明月夜的供品。芒草秆还适合用来葺屋顶，与每捆只能卖五厘的麦秸相比，能卖到一分以上。因此，出现了种芒草的人家。不过，随着东京日渐西移，芒草原和杂木林也年年减少了。

九月，是农村的祭祀月，也是村民们重要的社交季节。对风灾的担心总算过去了，临近秋收，村村都在举行秋祭。戏曲演出免费入场，观众络绎不绝。还有必不可少的神乐表演，没有祭神的歌舞，就谈不上神酒祭。今日在粕谷举行，明日在回泽举行。乌山又是几号？给田是几号？船桥又是哪一天？还有上、下祖师谷，八幡山，邻村的北泽，人们掐着指头算日子，兴奋不已。

那个村子鼓声敲响了，这个村子戏台搭起来了。按理说十村八村联合起来大规模地举办更好，可是，八个村子有八个村子的主见、情感和历史渊源。有二百多户人家的乌山自不待言，就连只有二十七户人家的粕谷、十九户人家的八幡山，也都非得各自搞各自的不可。

所谓祭祀，其实不论哪一家，都是一样地蒸糯米红豆饭、煮酱菜、擀面条、做酒酿，请别村的亲朋好友过来吃喝一顿。祭祀活动期间，嫁到东京的闺女也会抱着孩子，领着丈夫和亲戚回娘家。由于有神乐演出，平日里人迹稀少、落满雪白鸟粪的镇守神宫里也挤满了黑压压的人群，便宜的小杂货铺、粗点心店、寿司店、杂煮店、水果摊鳞次栉比。

神乐是村里的狂言[1]剧，神官是掌门人，村里聪明的小伙子做起了神乐师。不爱说话的大个子阿铁，轻松地击着鼓，活泼的阿龟戴着须髯蓬蓬的假面具，一本正经地站在舞台上。"瞧，那不是阿龟吗？哎哟！"忍俊不禁的阿岛姑娘笑开了。今日在自己家中喝醉了酒的仁左卫门，明日还得披着薄绢外褂，揣着礼金，去邻村演戏。仁左卫门极富农民气质，我与他每天都见面，站在田埂上谈天气、聊天什么的。轮到他演戏时，他便和邻村的干部忠五郎两人在台上正正经经地对台词，轮番做主角、配角，你招呼我，我招呼你。

　　祭祀活动就是乡村的睦邻节。三多摩地区自古便是兵荒马乱之地，政党骚动，血雨腥风。举国亢奋的日俄战争时期，农家子弟一大早就扛着击剑面罩，到几里外的调布去练习击剑、柔道。六年前，粗谷、八幡山与乌山的年轻人之间打了一场大仗，棍棒飞舞，伤了不少人。此后，便再没听说过有大的乱子发生。"泰平有象村村酒"，祭祀繁荣，则乡村安乐。

（十）

　　十月，稻秋季节。明亮的阳光下，地里又翻卷起一波又一波的金黄穗浪。早稻变成了大米，伯劳急不可待地啼鸣。白昼变短了，数不胜数的红蜻蜓在夕阳里飞舞。柿子被照晒得更加鲜亮。一个寒冷的清晨，蓦地看见富士山北面一角开始发白。

---

　　[1] 狂言，又称"能狂言"，日本传统艺术的一种。以台词为主的滑稽剧。

雨后寒凉的早晨，也出现了水霜。

十月是雨月。连绵阴雨过后，杂木林里长出了蘑菇，干完庄稼活儿的老大爷弓着背，拿着笨篓来采蘑菇。背着婴儿的阿春也来了。担子菇、湿地菇，还有很少见的红蘑、珍贵的青乳菌，最常见的则是被称作"油和尚"的一种蘑菇。一场秋雨一场凉，田野、山林日渐变色。挖起来的红薯，开始不断地向城里运去。村里人缺钱，连村议会的石山议员也不例外，能省则省，乘坐甲州大道的马车时，不从乌山上车，而从山谷上车。村里人卖红薯，为了能多卖五厘钱，宁肯运到四里外的神田去卖，也不去两里外的幡谷批发市场。

茶花开了。杂木林里缠绕在栎树上的野山药，叶蔓黄了。火红的盐肤木从细竹丛中探出了头。龙胆开花了，开出一排青灰色的小杯子。落在橡树下的橡子多得要用扫帚扫。豌豆、胡豆也该下种了。荞麦得赶在霜前收割了。当然，农家还有一件更为重要的事，本月下旬或下月初旬，该种麦子了。运肥车来来去去，车上的肥料堆积如山，车后还有两人在使劲地推车。

先种小麦，再种大麦。仔细平整过的土地，一条一条地量好尺寸，拉上绳子，由西向东，垒成笔直的垄子。再填进肥料，培上土。村民七藏在播种，年轻的媳妇背着婴儿，手挂竹杖，从南到北用脚踩土，留下一行行整齐的脚印。农会曾经劝村民们使用熏炭肥和条播，一两年做下来，多数农夫还是喜欢按常规自由地播种。

（十一）

真正的霜期，历年都是在明治天皇的天长节[1]——十一月三日左右到来。前日晚起来上厕所时，打开挡雨窗，针尖般刺骨的水雾迎面扑来。我急忙钻进被窝，脚还是冻得缩了起来。第二天早晨，武藏野一片白霜。茅屋顶、禾场、檐下突出来的木臼上，忘在晒衣竿上的带补丁的细筒裤上，还有田野、道路，甚至乌鸦的翅膀上，都是一片银白。太阳升起后，阳光下，白霜变成了亮晶晶的白金屑、紫水晶屑。

如果把山风比喻成暴风，那么，霜的威力又该作何比喻呢？是否可说成是大地上的白色火灾呢？地上的许多植物都被霜打蔫了。桑叶枯萎了，第二天便凋落下来。活鲜的红薯蔓子，一夜之间像被煮过似的，翌日便开始发黑，用手一摸，就碎成了粉末。挺拔的芋头茎，也一下子萎缩糜烂了。田里的农作物都遭受如此摧残，菜园子里的蔬菜瓜果就更不用说了，只要是有色蔬菜类植物，一夜之间便都开始烂掉了。不怕霜打的是青青的萝卜叶子，还有经霜打后变甜的叶根类蔬菜，以及从地里陆续冒出来的青郁的大麦小麦。

伴着霜而来的是晴天。下霜的十一月是日本最最晴朗的一个月。富士山一片银白。武藏野天高气爽，仿佛像碧琉璃一般，敲起来会当当作响。朝阳夕阳美妙绝伦，星月清雅无比。田野也由黄渐变成白茶色。四处的杂木林，村村的落叶树，张

---

[1]　天长节，即日本天皇诞生的节日。明治元年制定，"二战"后改为天皇诞生日。

扬着最后的荣华，阳光下，黄、褐、红交相辉映。绿树上，柚子挂着金珠。光芒自空中洒下，自地面涌起。

小学校举行运动会了，家长也接到了邀请。村里的"惠比寿讲"[1] 如往年一样举办。只需带去白米五合、钱十五文，便可一整夜又吃又喝又聊天，其乐无穷。白天眼看着变短了，该挖红薯和芋头了，挖起来后还得放进土窖里储藏着。中稻也该收割了，紧接着晚稻也该收割了。不过，较之夏季的繁忙，怎么说也轻松多了。

清晨降霜，夜间起风暴，白日里则是舒适的小阳春天气。"晚秋小阳春，遛乡卖鲜鱼。""鲜鱼？是沙丁鱼？""卖秋刀鱼嘞，卖秋刀鱼嘞！"鱼贩子的吆喝声从一个村子传到另一个村子。农家很少吃猪肉、牛肉，河鱼也很少吃。偶尔得到一只被黄鼠狼吸干了血的鸡，连鸡骨都砸碎了吃。除了地里长的，农家一般还吃咸鲑鱼、干鱼、鳕鱼干等海产品。晚秋时节，也买回些能烤出青油烟的脂肪较厚的鲜鱼解馋。

本月末，退伍的士兵该回家了。是近卫师团，还是第一师团？至少也得去横须贺驻守。运气不佳，分到北海道三界旭川驻守的人，隔上两三年才能回来。亲朋好友老远地赶去迎接，村里还成立了少年乐队，打着"欢迎某某君归来"的旗帜，到村头迎接。

两三年的军营生活，使农家的孩子大都成了通晓人情世故的人。退伍还乡的丑之助身穿裤褂、靴子，头戴礼帽，一身

---

[1]"惠比寿讲"，即祭财神活动。商家供上惠比寿财神以及商品、钱物等，祈愿买卖兴隆。多在阴历十月二十日和一月二十日举行。

气派的崭新咔叽服还有摩擦得嚓嚓作响的长靴。他感到腰间处有些寒碜，便在胸前别了一枚在乡军人的徽章，装腔作势地走着，见人就打招呼。随后，丑之助步入镇守神宫，先献上一杯神酒，接下来，便是在乡老军人或青年组头，领头高喊"大日本帝国万岁，天皇陛下万岁，大日本帝国海陆军万岁，某某丑之助万岁"。丑之助也高呼"各位有志诸君万岁"。最后，丑之助便被护送回家。家里早已备好了丰盛的菜肴。红豆饭、鱿鱼丝、魔芋、酱煮芋头莲藕、豆腐山药汤。高兴的人家还会买上一桶酒，主客们一边道着祝贺一边喝着酒，一边高呼着"万岁"一边进着食，个个酒足饭饱，红光满面。二三日过后，刚回乡的丑之助，便又穿上回来时的那身衣服，礼礼貌貌地挨家还礼了，每家送上一块毛巾和礼帖，还给那些在他入伍时为他送过礼的人家送上了用金字刻着部队名称和自己姓名的杯子或盆子。送出士兵的家庭，其开销可不一般。

军队换届之季，迎接完退伍军人，接着就是送新兵入伍了。农村里体格好的男孩子很多，又遇陆海军扩张，每年每个村子都有两三名新兵入伍。年轻人中有身插白羽箭、勇武无比入队的；也有逃过征兵抽签，到神社去感谢神佛保佑的；还有专程去鸿巢的什么什么神宫还愿的。也有人抱怨说二十岁前后，正是庄稼人干农活的好时期。可是，如今的国家，全国皆兵，即便是独生子，掌上明珠，只要说"为了国家"，叫你送出儿子，你就得送出。要是不送，既应付不了上头，也对不住乡邻。村里的小伙子岩吉是父亲的左膀右臂，是母亲的心头肉，可也不得不剃了平头，戴着礼帽，穿着印着家徽的裤褂，脚蹬长靴准备出发。威风凛凛的装束中，他显得有几分羞怯。

不过，还是一脸正经地在镇守神宫里喝了神酒。在"万岁"声中，在五六面祝贺入伍的旗帜以及村乐队和家长们的欢送下，走向未知的生活。两三天或七八天过后，家家都收到一张入队完毕的感谢明信片。

（十二）

军队换届是一年中最后的热闹时期，随后便进入寂寞的初冬十二月了。

"稼收平野阔"。晚稻收割完后，田野一片空旷。野外的桑树一棵棵结了卷儿。为了防风，家家房屋四周都整齐地围起了一捆捆新稻秆。"沙啦啦，沙啦啦"拽稻子的声音。"卡啦、卡啦"风车转动的声音传入耳畔。拔萝卜，洗腌菜，年轻人的手冷得红彤彤的。白天，主妇们坐在朝南小屋的铺席上，夜里则围在火炉旁，飞针走线地缝裤衩、做袜子。库房里脱谷机的声音响到很晚。突然，哗哗地下起了阵雨。冰雹噼里啪啦地打在屋檐上。雪也飘落下来了。

朔风刮来，村中落叶殆尽的树林一阵骚然。干枯的落叶，随风飞舞。如同一把倒立着的扫帚一般的杂木林里，衔着烟管，手握长锯的樵夫，锯下了橡树、栎树枝。堆满树枝的车子出村了。临近冬至，白天越来越短，前段时间六点还微微发亮，而今五点天就全黑了。水池开始结冰，霜一天比一天浓了。

十五日，世田谷有旧货集市。世田谷的旧货集市很值得一看，自松阴神社入口，一直穿过上宿、下宿，一里长的道路两边长长地排列着各种店铺。新上市的农家日用百货自不待言，好像全东京所有的垃圾桶都在此地打开了一般，各种旧货、废品应有尽有，卖的卖，买的买，一片忙碌，令人惊奇不已。玩杂耍的来了，小食店也摆出来了。店铺与店铺之间，像食物噎住了喉咙一般，人流进退不得。邻乡的老头老太太、年轻人、妇女、小孩，都身着轻便的紧身裤，脚穿草鞋，拎着大包裹，拉着货车，或背着竹篮，赶早的半夜就出发了。有的农家买回来新草席、挖竹笋用的铲子、扁担等，有的买回了做草鞋的材料、烂布条等。集市上，有的在为一双旧鞋讨价还价，有的在摆着旧帽子、旧油灯、旧书的摊位前逛来逛去，却只问价，不出手。有的嘴里嚼着豆腐皮饭团，观看着马戏。五花八门的物品，各类各式的人群，世田谷的旧货集市令人感到，世上没有无用之物，悲观仅仅出于傲慢。

旧货集市散场后，冬至便来临了。眼看着到了年底，蛇入穴，人进家。霜枯的武藏野，静寂的白昼宛若梦境。寂寞的乌鸦从这边村庄的栎树上哑哑叫着飞到那边村庄的榉树上。偶尔有不知从何处来的迷了路的猎手，身着西服，绑着裹腿。鹬鸟和鹁鸟凄凉地叫着从其枪口前飞逃而去。接着，四周马上又恢复了寂静。

朔风劲吹的夜晚，武藏野传来海浪般的响声，人的心也随风飞向远方。村里有的人家接了订单开始为东京的公馆捣年糕，也有的年轻人去东京做小工，替人捣年糕。除此之外，临近年关的村庄里见不到忙碌的景象。大年二十五、二十八，年三十，除夕，城里的新年一天天逼近了。东边三里外的东京城，二百万人的海洋，想必正波涛汹涌吧。平日里远远望见的东京的烟雾，这四五天来更是团团蒸腾而起。然而，这里是乡下。城里的十二月，是乡村的十一月。一派枯寂的冬日的武藏野，如同向人们约定了春天即将苏醒一般，麦苗已长出了二寸。月初，心爱的儿子应征入伍后，孤独的阿辰大爷心里便坚定了一个信念，冬至一过，白昼就一天天变长，冬天过后，春天就会到来。他时时用竹片刮掉铁锹上的泥土，慢悠悠地为二寸长的麦苗翻垄培土。

图书在版编目（CIP）数据

自然与人生 / (日) 德富芦花著；林敏译 . -- 3 版 .
-- 成都：四川文艺出版社，2022.1
ISBN 978-7-5411-5634-2

Ⅰ.①自… Ⅱ.①德… ②林… Ⅲ.①散文集—日本
—现代 Ⅳ.① I313.65

中国版本图书馆 CIP 数据核字 (2021) 第 199665 号

ZI RAN YU REN SHENG

自然与人生

［日］德富芦花 著

林敏 译

出 品 人　张庆宁
策划组稿　李 博
编辑统筹　苟婉莹
责任编辑　苟婉莹
封面设计　古涧千溪
内文设计　史小燕
责任校对　段 敏
责任印制　桑 蓉

出版发行　四川文艺出版社（成都市槐树街 2 号）
网　　址　www.scwys.com
电　　话　028-86259287（发行部）　　028-86259303（编辑部）
传　　真　028-86259306

邮购地址　成都市槐树街 2 号四川文艺出版社邮购部　610031
排　　版　四川胜翔数码印务设计有限公司
印　　刷　四川五洲彩印有限责任公司
成品尺寸　203mm×140mm　　　　开　本　32 开
印　　张　7　　　　　　　　　　字　数　160 千
版　　次　2022 年 1 月第三版　　印　次　2022 年 1 月第一次印刷
书　　号　ISBN 978-7-5411-5634-2
定　　价　39.80 元